Methodist Characters
of Mold

Daniel Owen

METHODIST
CHARACTERS OF MOLD

A Series of Sketches by

Daniel Owen

For Cliff

Robert Lomas

Translated by

ROBERT LOMAS

David Lomas

DOWAGER BOOKS

First published 2022 by DOWAGER BOOKS

ISBN 9798843142216

DOWAGER BOOKS
www.dowager.com

The Author

Daniel Owen was born on 20 October 1836 in the market town of Mold, in the county of Flintshire in north Wales.

The son of a coal miner, he was brought up in poverty after his father was killed when the Argoed pit flooded in May 1837. He had little formal education and in 1848 was apprenticed to a tailor at the age of twelve. He developed his reading and writing in the Sunday School of Bethesda Chapel, in New Street, Mold. In 1865, at the age of 29, he went to Bala College, intending to become a minister, but abandoned college to return to tailoring in Mold and became a part-time preacher. He took up writing (exclusively in his native Welsh), and *Ten Nights in the Black Lion* was his first published work in prose. He later wrote *Rhys Lewis*, the first Welsh novel, and went on to become Wales's leading novelist of the nineteenth century. He died on 22 October 1895 and is buried in Mold Cemetery.

The Translator

Dr Robert Lomas, a retired Fellow in Operations Management from the Bradford University School of Management, has written best-selling books on Freemasonry and science, including *The Secret Science of Masonic Initiation, The Man Who Invented the Twentieth Century,* and *Freemasonry for Beginners.* He has also published translations of the J.LL. Morris edition of *Rhys Lewis* and of *Ten Nights in the Black Lion* and *The Seven Sermons of Daniel Owen*

www.robertlomas.com

Twitter:@Dr_Robert_Lomas

Acknowledgements

I reiterate my thanks to Dr John Hywel Roberts: for teaching my schoolboy self to read Welsh, an unusual, self-imposed, extra-curricular task in a Manchester school; for awakening in me an interest in music, language and history; and for making sure I visit *Y Eisteddfod Genedlaethol* whenever it comes north.

I would like also to thank:

Mrs Elin Jones of Siop Lyfrau'r Hen Bost in Blaenau Ffestiniog, who continues to find me first editions of Daniel Owen's works;

Mr Clifford Halshall of Mold, who both encouraged me to publish these translations and incited me to give a talk about them to the Daniel Owen Society, amid the splendid surroundings of Mold Masonic Hall;

Mr Kevin Mathias of the Daniel Owen Festival Society, who helped with his encyclopedic knowledge of Mold and of Daniel;

Dr David Harrison, history lecturer and author, who has taken at deep interest in my translations of Daniel's lesser known works and has provided valuable insights into the background to the 1859 Methodist Revival;

Ms Nia Wyn Jones, Chair of the Daniel Owen Festival Committee for her help and encouragement.

My editor, Mr John Wheelwright who is my trusted second pair of eyes and a guardian of orthodox spelling.

And finally, my wife, who continues to put up with my compulsive need to discuss Daniel Owen and his activities even now we have escaped the strict confinement of pandemic lockdown and could now run and hide.

Contents

Foreword

Over the years Robert Lomas has painstakingly translated and presented us with a number of Daniel Owen's works. He began with the original J.LL. Morris edition of *Rhys Lewis*, which was published in a private subscription edition in Mold six months before the rights were sold to Hughes and Son of Wrexham. He went on to translate Owen's long-lost *Ten Nights in the Black Lion*. Then *The Seven Sermons of Daniel Owen* gave us not only a glimpse of Owen's Methodist religious philosophy, but also hints about his character and an insider's look at the north Welsh social community of the later nineteenth century.

This newly translated work of Owen's serves up still more insight into his north Welsh Methodist milieu, and lets us look through his eyes and see caricatures of village life. Owen's satirical observations earned him the rather flattering sobriquet of the Welsh Dickens, and the work certainly expanded his audience.

Owen developed the work into a series of linked short stories about fictional Methodist characters connected with a fictional chapel, allowing him to delve into the comical personalities that he had witnessed over the years. This book not only revealed Owen's talent for comic writing and storytelling, but also showed him to be a shrewd observer. An example of Owen's sharp satirical pen is his piece on Robert Matthews; 'Robert is one of the most understanding, and troublesomely unpleasant men I have ever known, if I may speak so contradictorily. For Robert himself is a gross contradiction. Those who know him best are those who know him least.' And we learn of such comical characters as Mr Jones the Shop and George Rhodric, who become somewhat central to a number of the stories as they vie for prominent positions in the chapel community.

Indeed, from these stories, we see that chapel was central to the Welsh community, and in this sense Owen provides us with a source of social history. When Owen says 'Your spirit is renewed and yearning for the Sabbath, which is God's gift to the working man,' we can see why chapel was so important to the village communities of Wales. Chapel was a way of life; it not only provided religious guidance, but it gave musical entertainment, it provided literature, it offered a social structure and became the centre for social activities. From reading Owen's work, we can delve into later nineteenth-century Welsh social history, and it can help us understand how these communities lived.

Lomas has indeed done an excellent translation and has allowed us to access the writing talent of Daniel Owen. Hopefully Owen's work will now find a wider audience and will be much appreciated in the twenty-first century.

Dr David Harrison
Lecturer and Historian

Introduction

Methodist Characters was a collection of sketches which Daniel Owen later developed into a series of linked short stories about fictional Methodist characters connected with a fictional chapel (actually in Mold). They were first published in the May 1878 issue of *Y Drysorfa* (The Treasury). This was about five months after the journal had published the last of seven sermons that Daniel had contributed during 1877. He had begun writing sermons before going to study for ordination at Bala College. He went to there with the intention of becoming ordained as a Calvinistic Methodist Minister, but after just over two years of the five-year course he dropped out for personal reasons and returned to Mold. But, even though he abandoned the idea of college he still harboured an ambition to preach. While working as a tailor, he wrote more sermons and travelled widely at weekends to deliver them to chapels in North Wales, Liverpool and Salford.

Daniel described thchis period of his life in a letter to his editor, Isaac Faulks:

> In 1865 I went to Bala, under a thousand disadvantages, with the intention of completing a five-year course. After spending two and a half years of the five in the college I was forced to return home due to changing circumstances in my mother's household. I continued to preach until the year 1876 and was considered fairly acceptable – I would always have a Sabbath booking and every five weeks I would preach in chapels in Liverpool, Manchester and the main towns of North Wales.

However, his life changed for the worse in March 1876.

He suffered a fall which triggered some form of pulmonary embolism and possibly punctured his lung. This mishap left him an invalid for many years and destroyed his self-confidence.

He had been preaching at a chapel in Llangollen where he had stayed overnight. Before setting off to ride home, he decided to go for a walk on the steep hillside of Dinas Brân. Whilst coming back down the hill his foot slipped into a ditch and he fell heavily on his back. He was winded but rode home to Mold feeling bruised and uncomfortable. He thought nothing more of it until the following day. Then, he was moving a heavy roll of cloth in his shop when he collapsed, bleeding copiously from his mouth, and was taken seriously ill.

This is how Daniel's first biographer Rev. John Owen described the event.

> While moving a roll of cloth in the shop, Daniel Owen pulled a blood vessel, and lost a lot of blood; He was afraid for his life for a long time afterward. Prayers were offered on his behalf at Mold Bethesda Chapel. His life was saved, but he was greatly weakened, the illness stole his strength, and he came to wear an old man's face before he was forty years old.

John Owen goes on to quote from a letter that Daniel wrote to Isaac Faulks, his friend and publisher, in later life. In this, Daniel described the incident thus:

> In March 1876, a blood-vessel low in my lungs burst three times in a fortnight. No one thought that I would live, and I was poorly for years. Dr Edwards (son of the Rev. Roger Edwards) and Dr John Roberts, Chester, took very good care of me at that time.

> Rev. Owen went on to say.

> Not only did his strength dwindle, so that he could not carry out his trade, but the disease severely

affected his nervous system. A few months after his partial recovery the Rev. Edward Mathews came to preach in Mold, and he was tempted to come to the chapel and listen to him. With the warm support of his friends, he was put to sit under the pulpit in the big seat, so that he faced the congregation. This proved too much for him to cope with, and he had to go out outside as he became afraid of being among a large congregation. For a long time afterwards, he would listen to sermons, out of sight, behind the Vestry door. (In later years as his nerves partly improved, he would still sit close to the door of the chapel.) The following summer months he went to Bangor-is'y-coed, near Wrexham, to stay and convalesce with Mr R. Evans (who is now the Clerk of the Peace, in Denbigh.) This retreat, along with the gentle care of Mrs Evans, helped him to recover his health to a large extent. But he still lived in constant fear of provoking another great bleed from his lungs. He became depressed by these fears. During his stay at Bangor-is'y-coed his old friend and teacher, Dr Roger Edwards, came to visit him and took an ongoing interest in his old pupil.

Dr Edwards had taught Daniel at Bala College, and it was his ongoing interest that encouraged Daniel to revise and polish some of sermons he had delivered in numerous chapels. The following year, as his health improved a little, Daniel selected seven sermons and prepared them for publication as a series of articles in *Y Drysorfa*, which Edwards edited. They ran intermittently from January 1877 until December 1877. Later Daniel would publish them in book form as *Offerings from Solitude*.

It will help to understand Daniel's development as a writer, to put this period of his life in context. It was a difficult time. In 1865 he had been full of hope and ambition when he had been encouraged to take up preaching by Nathaniel Jones, who had recently graduated from Bala College, as an ordained Calvinisitic Methodist minister. (Nathaniel had edited Daniel's first prose work for the magazine *Charles o'r Bala*.) Active encouragement to preach also came from Ellis Edwards (the son of Roger) who was developing a vocation of his own that would eventually lead him to study divinity at Edinburgh University and become ordained.

All this was happening in the aftermath of a tumultuous period for the Calvinists that is now known as the Great Methodist Revival. To understand how this affected Daniel I will give a quick resume of the basis of his Calvinistic Methodism beliefs.

Calvinistic Methodism is a type of Non-Conformist Christianity which is peculiar to Wales which grew out of the Anglican Church. It had begun in 1735, when an Anglican curate in the village of Nantcwnll, the Rev. Daniel Rowlands had a personal revelatory experience of God: an encounter he described as like the conversion of St Paul. The National Biography of Wales explains it thus:

> [Daniel Rowlands] experienced a profound spiritual conviction under the ministry of Griffith Jones, c. 1735, and began to thunder against the people's sins. On the advice of Philip Pugh he modified his style and preached grace, rather than the law. He began to travel up and down the country, and in 1737 met Howel Harris; the result was that, before long, these two had joined forces to push forward the great Methodist revival in Wales.[1]

Convinced that his experience proved God had called him personally to convert the people of Wales to

[1] https://biography.wales/article/s-ROWL-DAN-1713 (accessed 10 February 2022).

Christianity, Rowlands began travelling up and down the country to preach about his experience. While listening to Rowlands, Howell Harris, a schoolteacher at Llangors, experienced a similar 'road to Damascus' moment. Undeterred by the Church of England's refusal to admit him to holy orders, he became a travelling preacher, preaching and proselytizing across Wales.

In 1738 Rowlands and Harris were attracted to the religious ideas of the Wesley Brothers, John and Charles, in England. They, too, also preached of personal encounters with God and claimed anyone could experience this if they set about fulfilling the commands of scripture *methodically*. Their new movement, which was gaining popularity in England, was known as Methodism. Rowlands and Harris began to create their own form of Methodist conversion for Wale, but from a different theological perspective.

The Wesleys believed that anyone choosing *methodically* to seek grace and guidance from the Scriptures would be saved. But Rowlands and Harris, being followers of the French theologian John Calvin, took a different view. They believed that scripture and its theological formulations are God's word. They accepted Calvin's belief in God's complete sovereignty – that, by virtue of His omniscience, omnipresence and omnipotence, He can do whatever He desires with His creation. Calvin's reading of the Bible led him to the view that God predestines people into salvation and Jesus died only for those so predestined; that God regenerates an individual so they are able to, and want to, choose God; and that it is impossible for those who are redeemed to lose their salvation. The system of Calvinistic Methodism, which Rowlands and Harris founded, took as a basic tenet that those whom God had chosen would naturally experience a Pauline revelation, as described in scripture, and so would come to know that they were part of The

Elect. Their worship and teaching system was designed to seek out these Elect and make them aware of their calling.

In summary, Welsh Calvinistic Methodism believed that The Elect were predestined from birth to be saved and would be notified directly by God via a personal revelation. The mission of the Calvinists was to encourage Listeners, lay members of the Sunday congregations, to study, meditate and seek a sign from God to confirm if they were among the chosen ones. Their prototype was St Paul, who received just such a sign on the road to Damascus. One drawback was that this sign was not revealed to their companions. Hence it was a matter of personal conviction that the revelation had occurred, not something that could be independently verified, and there was no objective way to know whether someone had really experienced such a vision, or was only claiming it. This became an important issue in Daniel's religious development.

This new Welsh sect was so successful that it split from the Anglican Church in 1811 and, under the leadership of Rev. Thomas Charles, began to ordain its own ministers. Eventually this activity became centred on the new Bala College that Daniel Owen would attend.

The Rev. Charles had been converted in 1773, at the age of seventeen, after listening to a sermon by Daniel Rowland, a strong advocate of the use of the Welsh language in his ministry. Rowland believed,

> there are some advantages peculiar to the Welsh tongue favourable to religion, as being perhaps the chastest in Europe. Its books and writings are free from the infection and deadly venom of Atheism, Deism, Infidelity, Arianism, Popery, lewd plays, immodest romances, and love intrigues, which poison minds, captivate all the senses, and prejudice so many.

At that time Welsh speakers had no tradition of writing or reading novels. Daniel would be the man who would change this, and his first ventures into fiction were the short sketches which I have translated in this book.

This tradition of charismatic revelations became real for Daniel when his first editor Nathaniel Jones, who had encouraged him to translate *Ten Nights in the Black Lion*, was swept away by just such an experience during the Great Revival. It had such an effect on him that he resigned his editorship and went to study for the priesthood at Bala College.

The Rev. Dafydd Morgan, the instigator of Nathaniel's revelation, had undergone his own 'God Experience' in 1858 at a prayer meeting organised by Humphrey Jones, who encouraged him to actively seek an audience with the Calvinist God. Jones, at the age of fifteen, had experienced an unsolicited and passive audience with God while he was walking on a bare hillside during a thunderstorm. Moved by the 'a strong, disturbing and terrifying conviction that God had visited him,' he began to preach, converting many with his 'fiery and tempestuous sermons.'

Humphrey Jones had applied to the Calvinists for ordination, but they rejected him. However in 1857, he heard how a man called Jeremiah Lanphier in New York, had pioneered a startlingly effective evangelistic technique. Lanphier operated what he called 'union prayer meetings,' which encouraged people to invite God to reveal Himself to them when they prayed in ecstatic union. He converted around a million people in under twelve months. He used intense prayer over a long period of time to create this group response. Jones went to America to meet Lanphier and learned the technique of 'Union Prayer Meetings' from him.

Armed with this new procedure Jones returned to Wales, where he facilitated a spiritual union experience for the Rev. Dafydd Morgan which, Morgan said, 'filled me with new life and new power'. The two men then began working together holding 'revival meetings' first in the Aberystwyth area and then throughout Ceredigion. From 1859 to 1860 the Rev. Morgan travelled throughout Wales, holding up to three or four services in a day.

Nathaniel Jones got caught up in the fever of Morgan's ecstatic prayer meetings when he went to a meeting in Holywell in January 1859. Like most of the congregation he experienced a rapturous encounter with sublime bliss. This ecstatic state of mind characterised Dafydd Morgan's religious conversion rituals. His initial experience of a euphoric prayer meeting seems to have convinced Nathaniel he should apply to Bala to be trained as a minster. In turn, Daniel was so influenced by Nathaniel's experience that he then decided to become a full member of the Bethesda Seiat (the church council of the Elect). What I found interesting about his decision was that he had avoided applying to join the Seiat whilst his mentor and employer Angel Jones was still alive. It was the Rev. Roger Edwards who encouraged him to join the Elect. I did wonder if Daniel had avoided putting himself forward because he didn't want to be cross-examined by old Angel about the validity of his experience. Perhaps he had not quite undergone that direct contact with the Holy Spirit which was so popular at that time. The implication is that he might have been worried that he was not really among those chosen to be saved. But it could also be that he hoped that by increasing his spiritual efforts he would receive the positive sign.

In April 1860, Daffyd Morgan came to Mold, bringing with him a number of Calvinist dignitaries, and they held a Union Prayer Meeting in the Assembly Rooms. This meeting was just across the road from the tailor's workshop where Daniel now worked for Angel's son. After Angel's death Daniel had been elected a member of the Bethesda Seiat. I find it extremely hard to believe that he would miss such a significant event taking place so close to the workshop.

According to *Y Herald Cymraeg*, Morgan took as his text

> Awake, awake, clothe your strength, O arm of the Lord! Wake up, wake up, dress of the strength, Zion, dress in the robes of Thy glory, the holy city of Jerusalem. Zion has very fine garments – a robe of righteousness, a robe of holiness, a robe of praise.

He then asked the assembled people, 'Do you have any here in Mold who want to be dressed in the clothing of Zion?' and 'shouts of Amen surged from all directions.' The paper reports that on that evening, two hundred and fifty people were granted a sign by the Holy Spirit and instantly converted to the Calvinist Faith.

What I find significant was that meeting was not held at Bethesda, the biggest Calvinist Chapel in the town. Capel Mawr is just along New Street from the Assembly Hall, but its minister, the Rev. Roger Edwards, did not attend as part of the platform party or offer the use of the chapel. I think it highly likely, though, that Daniel went to the meeting, but I also speculate that he did not experience that ecstatic response which had inspired Nathaniel.

Perhaps his failure to receive a sign directly from God was behind his motivation to start to preach, to apply to attend Bala College and eventually leave that academic work to return to Mold to become a lay preacher. My reason for suggesting this comes from close study of Daniel's carefully reworked sermons and the order he choose to publish them. Theses sermons give a strong insight into the development of his religious ideas. Otherwise he did not say much about this process, mentioning it only briefly in that letter to Isaac Faulks:

> In March 1876 I burst a blood vessel in the lungs
> three times in a fortnight ... Over this period, I
> wrote seven sermons for *Y Drysorfa* under the title
> 'Offerings from Solitude.'

The themes of these Sermons, which I have previously translated and published, follow a series of arguments that explore the relationship between Daniel's interpretation of Jesus, and how he thinks God interacts with various individuals from the Bible.

He begins by explaining how Jesus cannot be hidden because of His vast influence, and he ends his sermon by saying 'Everyone is baptized in His name, and in His name, everyone hopes to die. He cannot be hidden.'

His next theme is to explore the extent of the mercy of God. He uses the story of Cain to show that nobody is beyond redemption, concluding, 'I say to you, none of us should despair, for we may presume on the mercy of God.'

He moves on to consider how important it is for every individual, and in particular every religious believer, not to deceive themselves. He closes with these words. 'Even those who hold high office in the ministry of the kingdom of Christ, can deceive themselves. The exceptional St Paul was astounded at the prospect of himself, having preached to others, might himself be judged. Yet in an hundred years from today we will all be able to see who might have had substance, but did not have Truth.'

His next subject is how to communicate directly with God. He studies Hagar, the mother of Ishmael and slave of Abraham, who in her distress cries out to God who answers her. Daniel makes an important point (which has the feel of personal experience) when he says 'there is nothing so torturous to your mind than to feel that you are treated like a dumb ox and no one cares for you – no one loves you. When a man believes that there is no love in the world for him, it strongly suggests that he no longer has a place in this world.' His conclusion is that 'We hope God speaks to all of us through some measure or another, but few of us give Him the welcoming reception Hagar gave Him! . . . If we refuse to hear God, He will stop talking to us, and when He ceases to speak, so will His goodness towards us cease.'

Daniel then addressed the question of how Cleopas, and another unnamed disciple, are approached by the risen Jesus on the road to Emmaus yet fail to recognise Him. He sums up his understanding by saying,

> The Resurrection was the key that opened to His disciples, all the mysteries of His life. It clarified for them that which before was unexplained. Now they could interpret things in the Light of knowledge. It is no wonder that the apostles attach such importance to the authenticity of His Resurrection. For if Christ is not risen, my sermon was indeed in vain, and likewise your faith is also in vain.

Next, Daniel examines the relationship between Jesus and Simon Peter to explore the question of repentance and suitability, setting the scene saying, 'Peter's tears were the purest stream of repentance that ever fell down a man's cheeks. Peter was a great man. His falling away too, was great, and his repentance was necessarily great likewise.' Daniel makes the point that not everyone will be called to be an apostle, saying, 'Among the lower classes in society there are many who possess strong natural abilities, but who will not seek to become famous evangelists unless a great Teacher comes by and says, "Follow me."', He concludes that: 'Peter's great fault was that he had too much faith in himself, and too little faith in Jesus Christ. For a man to make his own decisions is laudable, but, if they are not sealed by trust in God, they go with the wind when difficulties arise.'

The last of these Seven Sermons that Daniel reworked during his convalescence is perhaps the most revealing of all. It deals with the Faith of a Roman Centurion who, whilst not a Jew, was blessed by Jesus for his outstanding Faith. The final sentences of this sermon reveal a deep bitterness in Daniel, which I think stems from the lack of any sign from God that he was among the chosen:

> Visitors who come every summer from the extremities of England to climb to the top of Snowdon, to see the magnificent views from her ridge, are often amazed to learn that many who have spent their lives around her skirts have never climbed to her head. The familiarity of those born and bred around the foot of Snowdon, has worn away the desirability of climbing her to see the sights. We, brought up at the foot of the mountain of God, are in danger of being deprived of the desire to climb to its head to see the King in His glory. It is a serious consideration that having been given the chance to listen to the gospel all our lives and having heard so much about the Bible in Sunday School, we may still be finally thrown into the outer darkness. Yet many who were not granted such religious privileges – but by chance come into contact with the Divine, will sit with Abraham, Isaac, and Jacob in the kingdom of heaven.

The narrative trajectory of this series of sermons is clear. Daniel begins by noting that God is all-pervasive in the world. He proclaims that God has an infinite capacity for Mercy, but that religious believers should not lie to themselves or others, about their relationship with God. He goes on to point out that God continually speaks to His followers, but they do not always hear Him, and pushes this message home by pointing out that even Jesus's disciples did not recognise Him when he appeared to them.

He then suggests, in his sermon about Simon Peter, that some individuals might be equipped to answer God's call but might not have enough self-belief to answer that call. He closes his series of reflections with the stinging insight that attending Church, studying the Bible and joining the Seiat is not enough if you do not hear God speak to you.

I can't help feeling that although Daniel had a deep belief in God, he believes that his failure to receive a personal call, means that God does not believe in him. Following the logic of his Calvinist belief, he expects he might 'still be finally thrown into the outer darkness.'

All his life Daniel had been forced to attend Church, Chapel, Sunday School and Seiat. Yet God had still not spoken directly to him. He might well have interpreted his sudden illness, inflicted on him whilst he was preaching the Word of God, as a sign that he was not one of the Elect. So where could he go from there? I believe this is when he started to think about the nature of the people who taught these beliefs which were mentally torturing him. This is how he described his next step:

> I wrote a few sketches of characters for publication, and then *Y Drysorfa* had the sermons and sketches printed in a book.

While writing his sketches of Methodist characters Daniel discovered a talent for perceptive observation. He draws on his own experience of the sort of people he had met during his religious apprenticeship and looks at their public personae, their private motivations and their human weaknesses. The result is a most amusing insight into the religious life of the town of Mold in the 1870s. He develops an approach to Truth by telling a story, which may well have helped him come to terms with his own religious disappointment. In doing so, however, he takes his initial steps to becoming Wales's first great novelist. He would later be encouraged to develop this style of observational character sketches in an extended form to create a serial for *Y Drysorfa* that would later be published as his first novel, *Y Dreflan*.

However, it is this initial series of 'fictional' accounts of imaginary Methodist worthies which first reveal Daniel's talent for portraying Truth about life through creative writing. I hope my translation does justice to this early work of Daniel's, but, just in case, I have also included the original Welsh text at the end of the book.

ROBERT LOMAS

20 October, 2022

Methodist Characters

To the Reader

These 'offerings' were mostly prepared for the press, during a debilitating and period of prolonged illness in my life. They appeared, almost in their present form, from time to time, in *Y Drysorfa* [The Treasury] and I may owe my readers an excuse for publishing them in this book. I do not expect profit or fame from this booklet; but I would be being hypocritical if I failed to say that I do consider it to have some small merit, and I think that the reading of it might do some good and could afford some amusement. I have no recollection that my physical weakness might have produced some mental infirmity, but it is possible that a combination of these two weaknesses have induced me to undertake this adventure. If reading this book confirms that assumption, I can only beg the reader to look overlook it as my weakness.

THE AUTHOR

July, 1879

[The original series of sketches was published under the title: *History and Reports of Characters Amongst Our Congregations*]

Article I   Mr John Rhydderch

Pen and ink drawings of preachers, writers, and statesmen are now common; but we seldom see a picture, or even a description, of one of the common people, or simple folk. Yet there are many in our religious congregations who possess distinguishing aspects, though they might lack supremacy in thought and culture. There is much variety of true character to be seen in the faces of the 'listeners' in our chapels. On the other hand, many of them have such similarities in their main character traits that a description of a 'listener' in one congregation would be very like those of another 'listener' a great distance away.

My objective in this series of writings will be to give depictions, as I see them, of different listeners. I will look at both church members and non-church members, who in themselves have distinct personal characteristics but who represent a class of listeners to be found in different audiences. The reader must excuse the simplicity and vagueness of the descriptions, given the nature of the individuals depicted. But, while making this excuse, I remind the reader that these are sketches of real individuals, not fictitious persons.

Let me start with Mr John Rhydderch. He is a middle-aged man, strong and handsome, and much of his character can be seen in his face. He does not profess religion, even though all his family are church members. He is regarded by his neighbours as a wise man who is cleverer than average and follows the public practices of the Sabbath with consistency. I heard from his Sunday School teacher that his knowledge of the Scriptures is wide, and his ability to explain verses is excellent, provided the content of the verse doesn't refer to personal religion or Christian experience. 'At those times,' remarked his teacher, 'he chooses not to comment.'

His views on preachers are admirable. He can distinguish between a good preacher and an inferior one. He likes to talk about preachers who can demonstrate their mental capacity. But if he thinks the sermon is too focused on detail and loses the attention and hearts of less interested listeners, he will either stay silent, or turn the topic to something else. He is known to appreciate a good sermon, and to a large extent feels its power.

Mr Rhydderch shows great humility when taking part in services and is generous in his contributions. But something stops him speaking out, and I am certain that this is not through any lack of understanding or empathy. He will not suffer anyone to utter a word, in his hearing, against ministers of the gospel, and especially about the minister of his chapel. Woe betide anyone that tries it. It is true that he is perceptive in detecting defects in religion, but he never speaks an ungodly word about belief. He's careful about sending his children to the regular religious meetings, and nothing satisfies him more than to hear that little Bob has 'recited a chapter well' and he will take care to reward him for it. He personally reads the Bible a great deal, but not if anyone is watching. He will read The Book if he happens to be at home by himself, or has stayed up after the rest of family has retired, Mrs Rhydderch, who is an eye-catching and godly woman, always looking for signs of goodness in her husband, often notices that he has taken the 'Old Book' out when left alone.

Some men have much difficulty in talking about the great things of religion, and Mr Rhydderch is one of them. Although I am sure that there is too much of the gentleman in him to say a nasty word to anyone, we see a kind of sternness in his character. I am aware that I could not tell him anything that he does not already know. This gives me great difficulty in 'approaching him,' as he would say, to discuss with him his religious condition. Mr Rhydderch has filled many important positions in the area where he lives and has the utmost trust of his neighbours. There is no other religious man whose principles are higher, or whose honour is purer, regarding the things of the world and this life. He is a man of great benevolence. He helps the widow, the orphan and the destitute. So, what is holding him back from full fulfilment of his religion?

I know only know one thing – the cursed pub sets a trap for him. He knows this well himself but is too proud to acknowledge it. It is difficult to give up my hopes for Mr Rhydderch, and the thought of him being dammed at the end is terrible. But then I realize that he has listened to the best of the Welsh pulpit, and yet still seems stuck in the same place he was twenty years ago. We hope that God finds it in His grace give him a horrific shock to bring him back into full obedience to the gospel of the Son of God.

Mrs Rhydderch has never despaired of him, and never fails to pray for him. Let's hope her prayers are answered.

[*Y Drysorfa*, XLVIII, 1878, p. 177]

Article II   Robert Matthews

It is a worthy question to ask of the philosophers, to what extent is a man responsible for those iniquities neither time, place, advantage nor disadvantage, can eliminate, or if he might be able to change their form. This question suggested itself for consideration when thinking of Robert Matthews, or as he is more commonly known, 'The Old Father.' Robert is one of the most understanding, and troublesomely unpleasant men I have ever known, if I may speak so contradictorily. For Robert himself is a gross contradiction. Those who know him best are those who know him least. Those who have not spent much time with him say they know him quite well; but those who have lived with him for years willingly testify that they know little about him.

I believe, and feel happy in my belief, that 'The Old Father' does not represent a numerous class of 'listeners' [a term used for members of a congregation who sit in the body of the chapel and simply listen to the word] or religionists; and as such it would not be beneficial to give a long description of his attributes, as this would not meet my general purposes. If years alone were sufficient to make a man sensible, Robert would be sensible; for, as an almond tree blooms at its newest growth so would he have blossomed with maturity. However, he has not.

Robert wasn't brought up to the state of mind where he lives now; and, although it has been many years since he left his own pen, there is quite a difference between his pen and those of the other sheep in the chapel flock. During his lifetime he has been a candidate for almost every position in the village and the church; and if his neighbours and ecclesiastical companions had been of the same mind as himself, he would undoubtedly have attained all those posts. But unfortunately, they have always thought differently. His repeated failures have brought about a change in Robert's opinion of the desirability of those posts, and especially of the officers who hold them. According to his current ideas, some posts should not be tolerated at all. And all the current officers are, in his opinion, the vilest, if not the worst, of all men. Monthly Assemblies and Meetings, and the like, are organizations that should not be supported on any account. It goes against his conscience to pay for men, who are no better than himself, to preach the gospel. Such indulgence is antagonistic to the Old Father. He considers himself committing a serious sin if he contributes as much as shilling to the maintenance of the ministry. He is not in agreement with any organization that asks for money to maintain it, and always behaves in a manner which is perfectly consistent with his magnificent principles.

He is, in one sense, an evangelical Christian, because when he speaks in public, he always speaks in parables. In fact, unless he can offer a parable he does not speak. But his audience asks in vain for him to explain his parable to them. No explanation is ever forthcoming. I can only assume that his parable consists of a toxic pill which Robert is too dishonest or inhuman to administer to those he addresses, without hiding his message in flour and molasses. He is the Ishmael of the Ishmaelites, and he can hardly be said to be on good terms with anything other than his own pocket, as he seldom disturbs his silence, except when he wants to add to his treasures. He is, as might well be expected, an over-zealous follower of what he calls ecclesiastical discipline. His religion is not the work of the shepherd feeding his flock, or comforting them with his rod and stick; his job is to beat them with his iron rod, and to take his knife to the throat of errant rams and sheep. He wants to bend everyone to his will, human or godly, through misery.

I well remember, some years ago when I heard that he had married that I was shocked to think that blessed providence might see fit to give him children in his own image and imbued with his own attitudes. But mercifully, or perhaps as the result of some freak of nature, his children grew up much like other people's children, with nothing of the tang of the sour grapes that their father has so far fed to their teeth.

L. N. M.

[*Y Drysorfa*, XLVIII, 1878, p. 178]

Article III   Mr Jones the Shop & George Rhodric

There is probably some truth in the saying that everyone is important in their own way. But it is not what a man himself does that matters so much but how well he does compared to the people around him. This constitutes a great deal of what is considered greatness in a man. What is considered significant in one neighbourhood might be thought small and unobtrusive in another. At the same time, it would not be justified in us to seek to deprive a man of his greatness on the assumption that it would not matter much if he moved to another area. It would be grossly unfair to seek to remove one jot from the prominence of John Jones, or as he is known by his neighbours, Mr Jones the Shop. To point out that he didn't get the benefits of education in his life is unfair, because it wasn't his fault. If he had been given the opportunity, then he would have made good use of it. He was popular in the area where he lived, a place where there were many weaving mills. In a comparatively short time, through hard work, he achieved the status of being regarded by his neighbours as 'a very good man.' He set up a shop in a small house and for some weeks thought that he would have to keep it, as the shop might never manage to keep him. But by buying in the wholesale market, and selling at reasonable prices, he soon became a successful shopkeeper.

When he reached a comfortable position, like all wise men he decided to look for a wife to be his life's companion. He chose the daughter of a well-to-do farmer from the neighbourhood. She was a well-educated, beautiful and attractive young lady. If many local traders envied Mr Jones his commercial success, more young men in the area envied him for his romantic success. When they looked at Miss Richards the worst thing, they could say about her was that she was 'rather high-spirited,' and this accusation may have had some basis.

A neighbour who soon felt the effect of Mr Jones's impending marriage was George Rhodric, the tailor. Mr Jones had been an excellent customer for him. As far as the tailor was concerned, Mr Jones matched in every sense a draper's ideal of a good customer. He wore a lot of clothes. He was easy going when being fitted, straightforward to please, and he paid cash immediately. When the news first came out about the marriage, no one was more zealous in praising the wisdom of Mr Jones's choice than George Rhodric, expecting that in the circumstances and as the time drew near, no one would blame Mr Jones for buying a new suit specially made for his wedding. He was disappointed when Mr Jones did not call in to place an order, but consoled himself by admiring Mr Jones's ingenuity, recalling that he had only recently made a new suit for him, and that it would be quite suitable for the happy circumstances. But he did admit to his apprentice, at the same time, that he had hoped for a further commission. Undeterred he sewed a large banner of red flannel and intricately embroidered on it the words 'SUCCESS TO THE YOUNG PAIR', which he intended to fly from his shop's window on the day of the wedding.

How great was his disappointment, when Mr Jones's shop assistant told him, the night before the wedding, that Mr Jones had been given money, by his prospective wife's family, to buy new clothes from Chester, the nearest big town. George Rhodric was too sensible, or perhaps the disillusionment was too great for him, to say much. He went home in silence, his head hung down. He immediately wrapped the banner up in a grey sack to store it for a more suitable future occasion. He felt pleased that he had not put the names of the young couple on the flag, as he had originally intended to do, and therefore it would come in useful again.

Neighbours noticed that, on the day of the wedding, neither George Rhodric nor his apprentice came out of their workshop. They both seemed to be too busy. This was an upset for the apprentice, as tea and bara brith were to be given out at to Sunday School children by friends of Mr and Mrs Jones. But his master made up the disappointment, by giving him an extra three pence for staying in, and the promise of a holiday the following Monday.

Although George Rhodric didn't leave his workshop on the day of the wedding, the apprentice testified that when the bridegroom and his wife passed by he stared through the window. And the apprentice heard him say, 'Well, he didn't need to go to Chester to get those.'

Rhodric had a few admirers, who called in his workshop, to listen to his wisdom, and to share pipes of tobacco with him. They would nod their heads, to show their approval, when the tailor spoke in suggestive, unfinished sentences.

'You mentioned,' he said, 'about Mr Jones's marriage. Well, my thinking is, a man should be a man. He shouldn't be governed by his wife, or his wife's money. He should earn his own keep. I have nothing to say about Mr Jones or about Mrs Jones, as it's not my place to say anything.'

It was not only in these suggestions and the like, that his neighbours noticed a change in George's ideas, in relation to his veneration for Mr Jones, when he met him at the Chapel. Previously, when Mr Jones was called upon to 'say a word' on any matter, Rhodric would accept every word that came out of his mouth and complement his ideas more than a less sensible man would. Mr Jones was not big-headed and accepted George's admiration as due to his own talent. But after the disappointment of the Chester suit, whenever Mr Jones spoke, George Rhodric would either be lost in deep meditation, or be turning the pages of his hymn-book.

It would have been astonishing had Mr Jones's new connection with a well-to-do family, well established with a comfortable income, not conferred some benefits on him and his wife. It was not long before they made the house much larger, and the shop much more convenient and substantial. But what most surprised some of the neighbours was the change to the sign above the doorway. The old sign had said 'J. Jones, Grocer. Licensed to sell Tobacco.' But the new sign, which was twice as big the previous one, said 'J.R. Jones, Provision Merchant.'

Some of the more innocent locals were completely misled when they saw the new sign. They immediately assumed that Mr Jones intended to leave the town, to live on his wife's money, and he intended to rent the shop to some close relative of his. They assumed that the trade would be something completely different and would offer new types of goods for sale. Then some of them went to consult George Rhodric.

'Well, you are innocent, little people,' he said; 'do you not know what the first letter is in the name of Mrs Jones's wife's family? And do you not know that the name J. Jones is a very common name — unworthy of a rich man? No one wants to know who had been working there in the past. Now Mr Jones is a good man, but like many good men before him has married a rich wife, and now she is Mrs J.R. Jones she can proudly hold her head up in rural place like this, just like in London. That's what's in my mind.'

It is ironic to say that George Rhodric's comments and suggestions threw such light on the changes referred to that his admirers' thought that the state of things was fully explained, and his insight and wisdom became greater in their eyes than ever. And none of them ever suspected, for a moment, that any word he said originated from jealousy.

It is only fair to inform the reader that it was not through George Rhodric's eyes that most of Mr Jones's neighbours, and especially the chapel people, looked at the advances that took place in his status. The chapel to which Mr Jones belonged was made up mostly of poor people, and he became a great supporter in a monetary sense. The respect paid to him by the chapel was derived, not so much from the consideration that he was now higher in a social sense than they were, but from a deep affection produced by his kindness, religious generosity, and his sombre character. We believe that William Thomas, the senior elder, would have been heartbroken if deprived of the support Mr Jones gave to the neighbourhood, as he loved him as the best friend he had met on earth.

As I mentioned William Thomas, he deserves to be described in another chapter.

[*Y Drysorfa*, XLVIII, 1878, p. 222]

Article IV Mr Jones the Shop & William Thomas

At the time of writing, the chapel to which Mr Jones belonged had only two elders, and William Thomas was the senior. He won the post, and the supremacy of the job, entirely by virtue of the purity of his character and the spirituality of his religion. William Thomas's father was a farm worker, and he worked on the same farm. He never earned more than eighteen shillings a week but had the blessing of a house full of children, and of necessity his life never rose far above scarcity. Yet he was, undoubtedly, the richest in his knowledge of God in all the neighbourhood; and he never felt at any disadvantage about religion. However, there was a way in which he felt constrained, and many times the tears flowed down his cheeks because his couldn't offer accommodation to a visiting preacher and so contribute to The Cause that his heart urged to succeed.

Despite the difference in their worldly position, many times Mr Jones felt at church meetings that he would be willing to give his shop and his possessions to gain the religion and spirituality of William Thomas.

With Mr Jones being addicted to his trade and working all hours, and William Thomas living some two miles away, in a remote part of the county, Mr Jones had never visited the elder's house. But he had promised himself that pleasure for many decades. Then, one afternoon in June, Mr Jones decided to go there. When he found the old elder's house, he stood in awe as he looked upon it for the first time. Although he knew the circumstances of William Thomas, it had never occurred to him that Mr Thomas lived in such a humble dwelling. He couldn't but ask himself, when recalling the spiritual feasts he had enjoyed in the company of its inhabitant, if the poverty of his situation and the restrictions of his circumstances were what enabled him to focus on the spirit of 'Him who had no place to rest his head'?

William Thomas's home was a cottage with outbuildings, as the saying goes. The cottage with its roof of straw had a low gate before it, and there was another small gate at its side. It was easy to see from the crockery and furniture that was piled outside, that the family had no proper room to store it inside. To one side of the cottage was a small, neat garden, on the other a bake house. They were clearly the rough building work of William Thomas, or one of his ancestors. Beside the chimney of the bake house was a bottomless soil closet, which had to be turned to lower the level of its night soil. To one side was small pigsty, where one of the rabid creatures of the Gadarene land lived and was fed. This sty was built in a different style from the dwelling. It had above it a loft with outside access. Up there lived another creature, and from these heights it would be heard in the early hours in the morning, as it wouldn't have dared share the straw of the sow who slept in beneath it. Every morning the cockerel sounded the loud and clear voice of the cautioner who had acted so effectively on Simon Peter.

While Mr Jones was looking around, a lively little boy came running to the door of the house. When he saw the strange man, he ran back, shouting to his mother that the 'man of the verses' was at the gate.

The children of William Thomas called Mr Jones 'the man of the verses' because he regularly listened to the children saying their verses at chapel meetings.

Mary, née Williams, the wife and mother, who was much younger than her husband, came to meet Mr Jones. She invited him to come in, 'if he could', pointing out the low height of the door. William Thomas had realized that

Mr Jones had come to visit, and his eyes and face were shining with joy.

Mr Jones soon discovered that the interior of the house was not significantly better than its exterior. There was some ancient furniture, which had served many generations. On one side of the fire was an old oak settle, where three or four could sit. Opposite was an armchair, to which Mr Jones was led. Other seating facilities included numerous stools, which varied in size and shape. Between them and the children there was a great similarity. What they called a table was more of an overgrown stool and an unfamiliar visitor might assume that it was the mother of all the other little stools.

The walls of the dwelling were grey, and completely plain, except for one or two illustrations taken from various 'Proclamations of Passing,' [Death Notices] which had been set in old frames. One was a picture of the late Rev. Henry Rees. The picture seemed rather new, but the frame showed that it had served other pictures or drawings, all of which it still accommodated. The most precious item of furniture in the house was an old brass wall clock, which looked as if it had been passed down from father to son for generations. It was so blackened with old age that it was impossible to tell what time it was from the face without going close to it. The passing of time had not only affected the old clock's fingers, it was obvious that its lungs were also in bad order. When on the point of striking, it would make an unpleasant noise, like a man with a tight chest, and seem to be about to expire. But once the bong had passed, it would recover, and regain its health for a while. Since not much reliance could be placed upon the accuracy of the old timepiece, William Thomas had hung his watch on a nail above the fireplace, along with a metal seal, and two small shells, so that his wife might know what time to arise.

The children, who were in the house when Mr Jones came in, had crowded into one corner, and looked distraught. One was chewing his thumb, another holding his palm in his mouth, and the third was clearly racking his memory, for fear of Mr Jones asking him to recite a verse.

After greeting each other well, and showing their joy at seeing each other, the old patriarch brought out the only welcome he could offer to a man of Mr Jones' position. That welcome he kept in the pocket of his waistcoat in a box of oval horn, with the two letters, WT, cut on its lid. Yes, snuff, was the only earthly luxury which William Thomas was guilty of enjoying and who, no matter how strict, would deny him that?

'Well, William Thomas, I have come here to ask you favour.'

'A favour my dear Mr Jones?' William Thomas said.

'Yes, a favour, William Thomas. I understand that the family of Fron Hên are leaving the neighbourhood; and you know that no one except them has the room to receive preachers to stay. I have not heard of any other place open to receive them. But, Mrs Jones and I have been discussing about asking you if we might be allowed to welcome them. I think we can, now that we have extended the house. And to tell you the truth, William Thomas, it was one reason I decided to enlarge the place, so that we could be a bit more supportive of The Cause. Will you be so kind as to grant our request?'

At this point a lump came into William Thomas's throat so he that he couldn't speak. He was overcome, with a twitching in his throat, and his eyes seemed about to weep. But he soon regained his usual clear voice.

'Well, bless you, Mr Jones! You are very kind, and have taken a great burden from my mind. I have been unable to sleep properly since I heard that my fellow elder and his family were leaving Fron Hên. I was secretly hoping that the Lord would open a door of deliverance for us, so that his servants would not have to shake off the dust from their feet in our area. You know, Mr Jones, that others might have the conveniences, but I'm afraid they don't have the heart. You will be blessed, Mr Jones; the preacher will repay you for his place. 'Don't forget hospitality, for that is how some are angels unwittingly lodged.' The old patriarch was very hospitable. When those strangers came passed his house, he did not know who they were, but he guessed that they were servants of the Lord; 'And he pressed on them,' and gave them the best welcome. Well, before morning they had turned out to be angels, and he was also kept in order that the brimstone shower did not fall on his forehead.

'George Rhodric was telling me I should pay for a place for the preacher on the Sabbath; but although I cannot accommodate a preacher myself, I am totally against that procedure. If I was a preacher, I wouldn't be able to enjoy a meal that I knew someone else was paying a fixed price for. I would wonder how much they were paying, and whether I had eaten around the mark, or was going over the mark. Though, world knows, the ones I saw eating were healthy enough and some ones I saw are eating quite a bit, especially the grey faced boys who come from Bala. Ha! Mary and Martha would have to take charge of preacher's place, I believe, Mr Jones. At the same time, I believe that a lack of understanding has given the system a head start in many places. People mix religious virtues and assume that if they fulfil one command fairly well that will make up for another similar order. Some good men think that, if they make a generous contribution to the ministry, that will make up for poor hospitality, even though they may have a good comfortable home, and plenty of belongings. But that is a mistake, I think. I believe the old system of offering a visiting a preacher a place in your home is fine. Thank you, Mr Jones; you will surely be blessed.'

'You are absolutely right in your view of hospitality, William Thomas,' said Mr Jones, 'and as I have received my message, I must bring a good night to you all, and return to my old books.'

Then, before leaving, he called to him all the children and put a silver piece in each one's hand; and if the truth be told, the small scholars preferred that to having to recite a verse for him.

As Mr Jones went to the door, William Thomas's right hand steadily rose to the height of his head; and as Mr Jones closed the door behind him, he brought his hand came down to touch his head forehead.

'Mary,' he said, 'we must have Mr Jones for an elder!'

[*Y Drysorfa*, XLVIII, 1878, p. 235]

Article V William Thomas & The Succession

After the Fron Hên family left the area, every preacher who came to speak at the chapel was accommodated by Mr Jones the shop; and William Thomas was left as the only elder of the church. Whatever his political and ecclesiastical views, he did not believe in dictatorship. He often remarked about the loneliness of his job and that he needed someone to help him. Mr Jones the shop took charge of the books, and also acted as treasurer, so the majority of the church felt satisfied that things could remain as they were. But William Thomas continued to argue that his old age and incompetence in the job, along with the great responsibility he took on himself as sole officer in a church, was not a good thing, as several others were well qualified for the work.

George Rhodric was a wholehearted supporter of William Thomas's pleas for more elders, but he saw two obstacles in his way. For one thing, he was sure that, if a choice were made, Mr Jones the shop would get in; he also saw that he himself might get left out. In view of these two things, he decided to stay silent on the subject. There had been some obvious anointing of the old brother George of late, and he was not as prone to picking quarrels as he had once been. There was also an unusual agility in his spirit, and he gave clear indications that he wanted to be on good terms with everyone, even Mr Jones the shop and his family. It would be uncharitable of me to attribute this change for the better to selfish and ambitious objectives, and no one welcomed it and rejoiced in its arrival more than the simple and guileless William Thomas.

I have already suggested that many chapel members were quite happy for things to remain as they were. The older folk, especially the old sisters, continued to oppose electing more elders. They said there was no one like William Thomas. But the most able and thoughtful members, while fearing the circumstance might be the cause of a time of turmoil and dissent, had to acknowledge the reasonableness, and scriptural basis, of their respectable old officer's request. Finally, the old brother managed to get the church to put a motion to the Monthly Meeting 'that they needed more officers.'

In the face of what seemed likely to happen, there were three men in the chapel were feeling quite different from one another. One man thought he should be chosen; another was afraid he would be chosen; and a third was determined that he would not be chosen.

George Rhodric was the man who considered he possessed of all the virtues needed for an elder. He was one of the oldest members of the church, and one of the oldest teachers in the Sunday School. In terms of aptitude and knowledge no one could say anything against his case. When he brought all these things together, he considered that he would stand as upright as the pews of the church, and that it would not be a mistake to choose him. He thought that 'new blood' was needed in the organisation. The class of preachers who came to serve it were not what he thought they should have been, and he observed a great deal of disorganization in various things which he would have called attention to many times, had he not been afraid that some might think he was trying to 'put himself forward.'

The man who was afraid of being chosen was Mr Jones the shop. The prominent part he had taken in teaching the children in Sunday School, and at other meetings, his work taking care of the church's books, and the fact that his house was now the lodging for visiting preachers, made him see not only a possibility, but also a probability, that he might be chosen. Although he wanted to do what he could for the cause of religion, he considered the office of elder to be important. And he doubted his own spiritual condition, and personal capacity for such religious work. He would have given almost anything to the chapel for it not to choose him.

The man determined not to be chosen was Noah Rees. Even the most knowing of his contemporaries could not remember him ever going out on a Saturday night, and he was reputed to have many books. Some folk were so impressed that they said that he had as many as three New Testament Explanations, and at least twenty other books on various subjects. Although this incredible tale was at first questioned, it gained more credence when the young man won two awards in a Competitive Meeting: one worth half a crown, and the other three shillings. The word was about that he never went to bed before eleven o'clock at night, and that his mother complained that her son had consumed more candles in one year than his father had all his life, and that he must surely lose his health. Noah was more serious, more easy-going, and more obedient than his contemporaries especially when he was asked to act for the public good. His coat was always dark in colour, his waistcoat fastened close to the neck, and he used a muffler to defend that last-named body part when his chin was not warm enough. His taste in dress showed clearly what occupation he modelled himself on. While the most devout of his contemporaries on Saturday night could not remember who was to preach the next day, Noah would always know who was coming, from where, and be ready to go to meet him, to guide him to his lodgings. Although he had not told anyone his secret, many could guessed it, and knew that his eyes were set on the pulpit where the elders would have to look up him. He would not want to jeopardise that option by having to take his chance as an elder.

To tell the story briefly, the church's request was approved by the Monthly Meeting, and two brothers were appointed to go there to enable the choice to be made. On the evening of the church meeting, a week before the election was due to take place, William Thomas considered that it was his duty to call the fraternity's attention to the circumstances, encourage them to pray for wisdom and guidance to do everything in peace and love, for the sake of The Cause, and to the glory of the Lord. While he was praying this way, sitting beside the big seat, with his weight resting on his stick, an innocent old maid, who diligently shone with godliness, jumped to her feet, and said:-

'William Thomas, tell us who to choose. You are the best of all. And I will do, just as you will me to, and everyone else will too, no doubt. And I don't see anyone here very qualified.'

William Thomas nodded to her. Then he answered her, as far as I can remember, in the following words.

'Gwen Rolant, you always state your mind honestly, and I thank you for thinking so well of me; but no one knows better than myself how unqualified I am for this job, and that here are several of my brothers who could fill it much better.'

At that point Gwen Rolant shook her head in disbelief. But William Thomas continued.

'Although I will not, and it would not be right in me to, name anyone as Gwen Rolant has asked. Yet perhaps, my friends because of my age, you will tolerate me giving you a word of advice. I can assure you that the job of an elder is not one to be desired. It is only a convenience to serve God more. I think any of you could worship better without being an elder. An elder in office must listen to every complaint against everyone and will also know what amount each member contributes to the ministry, and to other causes. And few people succeed in contributing to God as we would all like. When a brother is called to public service as an elder and has this knowledge, he is unable to worship with his whole heart, unlike one who does not know. When you choose a new elder, my people, take care to consider not only men of good faith, but also those who possess good humanity, and have no cracks in their character. Extra responsibility, and more pressure, will not cure a crack, but rather will force it to open up and split. If you have a crack or rot in a wheel, as you know, even though it has a strong core, a heavy load will not do it any good. Likewise, even though you know that a man has strong grace within him, if there is a crack in his character, a responsible job will add to his danger. And to tell you from my own experience, I believe that poverty, whilst not an impediment, is a great disadvantage to man becoming an elder. A poor elder cannot demonstrate religious hospitality and generosity as he would like to. He will also have to deal with a lot of money related to The Cause. Money is a great temptation for a man in daily need. It is difficult for an empty sack to stand upright. For this reason I, as you know, have always refused to be the treasurer of any fund. If you can, choose men who are not in need of money. (At this point Mr Jones the shop broke out in a cold sweat.) If all else is there, you should look for ready men in with the talent of prayer, and ability to speak in public. (George Rhodric lifted his eyes to the ceiling of chapel.) The great shortcoming of many an elder is that he lacks talent. Often public office falls unto someone when everyone else is either unwilling or disinclined. It is also important for you, my friends, to appoint elders who have deep sympathy for the preacher. A rude and prickly elder is a curse to a chapel. Many services have been haunted by uncouth and cold behaviour of an elder towards the preacher. And, on the other side, many preachers enjoy a joyful heart and an uplift to their spirit following five minutes of full-hearted conversation with some elders, before going into chapel. Try, if you can, to choose men whose spirit will be in harmony with the spirit of the preacher, and whose heart burns for the success of the Lord's great objective. But don't dismiss anyone's youth. If you see some promising, well-read, and faithful boy, though he has only two loaves and two fishes, do not turn him aside for his youth. (Noah Rees put his head down, hoping not to be noticed.) My friends, when comes the time for you to choose then allow yourself to be disturbed by your conscience of God, not by selfish and personal goals.'

The old elder went on in this manner for some time and, when he had finished, asked a brother by the name of Peter Watcyn, who had a good understanding of English, to explain to the fraternity the procedure for selecting officers which was approved by the Cause. Watcyn did so with great dexterity. He talked a great deal of the 'ballot,' the 'electorate,' 'the present,' and 'the absent,' 'two-thirds,' 'three-fourths,' and so on. Gwen Rolant, was listening with great attention but it still was perfect Greek to her.

Two brethren asked questions, and got satisfactory answers, then the meeting was closed.

Walking home with Gwen Rolant, George Rhodric remarked. 'It's easy to see who William Thomas is describing and who his choice is.'

Gwen Rolant replied, 'I fear that the religious folk of this age are travelling to a very distant land. When I was young, the way elders were chosen was for two preachers, to come to the Seiat, [Chapel Meeting] and everyone would go up to them and say who they wanted to choose. Now some Ballot is coming, whoever he is, and I'm afraid from his name that he belongs to Belial. And as for that old Electorate they were talking about, I'm sure he is English, and it's Peter Watcyn's job to fetch him here.

William Thomas didn't take much on for himself.' she added. 'He's got some Englishmen coming here, and he wouldn't name which one he favoured, so this plainly shows that it's all Peter Watcyn's work.'

It is fair to say that, come the evening of the election, Gwen Rolant was disappointed in the best possible way. She didn't see or hear any of the Englishmen she feared attending the meeting, just instead a preacher and elder. The first she knew and loved well, and the other she approved of. So poor Gwen was thankful that the religionists of her age had not gone as far away as she had feared.

[*Y Drysorfa*, XLVIII, 1878, p. 334]

Article VI   Choosing Elders

How embarrassing and humorous we would find it to hear
a candidate for elder, address his fellow church members,
to give them his views on Pastoralism, the Ministerial
Fund, the Constitution of the Association, the Connexion's
foreign causes, namely the missions, College education,
civil wars, and wars with other denominations, promising
to do this, that and the other if he were to be chosen as an
elder! Wouldn't anyone who promoted himself in this way
be seen as totally unworthy of being chosen? Yet no-one
would think of giving his vote to a candidate for a
parliamentary seat without first knowing his views on the
main topics of the day and receiving a serious promise that
he would at least vote for most of those measures he
claimed to approve. An energetic effort and effort on the
part of a candidate for representation in his borough or
county is seen as additional confirmation of his
willingness to do all he can; and indeed, rarely can anyone
win for his cause the zeal and enthusiasm of the electorate
without first having shown himself to be a tireless agitator
on behalf of his candidacy. But, strange as it may seem, as
soon as a man as much as suggests that he wants to
become an ecclesiastical elder, that is the moment when he
is cast aside by his fellow members, because he obviously
lacks the personal qualities they want from an elder. What
in   one   circumstance   is   indispensable   to   life   and
competence, is death and destruction in the other. It seems
to be the natural order of things that a major qualification
for a man to become an elder, is that he never dreams of or
imagines the honour, or at least never admits that he has
ever done so. He might have had his eyes on the job for
years   and   have   diligently   devoted   himself   to   working

towards it, but, if he is wise and mindful of succeeding, he must keep this secret to himself. The more he manifests his desire, the more his prospects diminish.

I do not pretend to be able to explain the reason for this. I would be sorry if I had to believe that more jealousy exists in religion than in politics, so I suggest that the difference between someone seeking ecclesiastical office, and a seeker of parliamentary standing, lies in the nature of the positions. One is spiritual, the other earthly. But look how differently the chapel members respond to anyone proposing to become a preacher. To the best of my knowledge, when someone offers himself as a preacher it does not cause anyone to think less of him, or to try to block him, provided all else about him is satisfactory. We don't pretend that a man has to have preaching imposed upon him and then berate him unless he preaches the gospel in an outstandingly excellent manner. Nor do I forget that it is generally assumed that the church does its duty by praying for guidance, and that it might well receive Divine guidance to chance upon a good man of the word. But at the same time, I cannot close my eyes to the fact that many mistakes are made in these choices. Men are chosen as elders when the church does not know enough about their views on subjects of the greatest importance. Some who have been in office for a long time, when given the opportunity to explain what they believe, show only too clearly that they do not represent the feelings or ideas of the church of which they are the elected leaders. Others act so that the highest point of their endeavour within the most important activities of the church is to be passive. They act as if they are altars, not leaders. And yet they continue in office, their characters never developing from their embryonic election, until they are overwhelmed by death. Remember that I am talking about exceptions when I say this, but also recall that there are many and frequent exceptions among our elder brethren. As a class they are mostly gracious, able, and liberal men; but in my opinion, it is about time we had some mechanism to improve our choosing. This is needed to avoid both creating barriers to the success of religion, and setting snares for every good engagement with the church of which these men might become officers. My theme for this article illustrates how a member falls out of the church's favour if he shows any desire to be made an elder. There may be some good reason for this, if I could only discover it, but then perhaps, it might be the best way of choosing. It might be that there are virtues that are noticed by others but are not seen by the man himself. Perhaps he shows he has the capacity to be an elder without realising it. Just imagine if someone who might be chosen to be an elder was asked the following question at Chapel Meeting.

'What do you feel it is about the work of the church that is calling you to be an elder?'

Now imagine what would happen if he answered:

'Well, indeed, I think the church has acted very wisely to choose me. For many years I have fostered a great desire to be an elder, and I think I will make an excellent one. The church will benefit greatly from choosing me.'

Would such an answer create excitement and beget support? Would a committee be called at once to consider the case of this honest brother? I beg to doubt it.

Although the above comments may not relate directly to the choice of elders at 'The Chapel of William Thomas', as it is called by the children of the neighbourhood, this is the occasion which encouraged me to write this piece. There was every reason to think that the chapel listened to William Thomas's advice purposefully, and the forthcoming election was regarded as being of the greatest importance.

George Rhodric, who often acted like a hedgehog in the prickliness of his religious views, did not avoid any opportunities to suggest his own undisputed competence for the job of elder. He would not hesitate to speak clearly to those he regarded as his admirers. But with others, who were not so strong in his hedgehog approach to faith, he was content to show as much kindness as he could, and more religiousness than he naturally possessed. Impartial Chapel members would notice that George, to display his constant and unfailing love of grace, seemed to enjoy engaging with them above all else. So much so that his charismatic spirit, which worked through his fingertips in an attempt to produce a certain allure, would not be satisfied until he had shaken hands with every proximate member when coming out of the chapel.

Two days before the election, he considered his prospects so hopeful that even his apprentice could not miss his cheerful bearing.

As said apprentice was about to resume work after a break, his master said to him, 'Bob, would you like to have a walk today morning?'

'I certainly would, sir,' said Bob.

'Well, it's only four miles along the road to the shop of Mr Pugh the Printer. Take these eighteen pence and go to ask for the best Ecclesiastical Diary he has in stock. The very best diary remember, the one costing one shilling and sixpence, But don't say who sent you on the errand.'

'All right sir. The best Diary? Do you mean the one with an elastic on it?'

'That's right, the one that costs eighteen pence mind you. And don't be too long.'

Bob had more wit and acumen than Rhodric gave him credit for, and no sooner was he out of the sight of his master than he began to shrug his shoulders and wink at the sunlight with his two eyes alternately and say to himself. 'Well, my old hand, I can certainly buy it, but you could save these eighteen pence I think, if my dad knows what's what. You want to be an elder, indeed? You'll be old before that happens.'

Bob carried out his errand in short time; and when he returned, he found his master sitting by the fireside with his pipe loaded but not yet lit. And it was not his old working pipe rather his best long pipe, which he only used on special occasions.

'Have you got it, Bob?' He asked.

'Yes, sir.'

'Did Mr Pugh ask you who it was for?'

'No, sir, but I think he guessed who it might be for.' said Bob cautiously.

'You think he understood?' said his master.

'He understood that someone wants to see the dates of the fairs and things like that,' said Bob, avoiding the question.

'Ho!' said Rhodric.

The draper took his chair and set it in front of the fire. He sat down calmly, spread his feet, fired his pipe and turned the Diary pages gently until he came to the list of the County's preachers. Then he settled himself down in his chair, took a couple of mighty sucks on his pipe to make sure it was drawing well and discarded the lighting spill. Bob was pretending to get on with his work, but was watching him carefully, with a malicious twinkle playing in the corner of his eyes. He heard his master whisper to himself. 'Well, you will not come here yet, once a year is enough for tithe, once every two years is enough for him.' And so on.

Having exhausted the list, and decided the fate of each potential preacher in due course Master Rhodric said, 'Bob, how does your father think the election will turn out on Thursday night?'

'He thinks Mr Jones will be chosen, sir,' said Bob. 'He's the best, who else is there? He's not sure about anyone else, sir.'

'Did you hear him say anything about me?'

Poor Bob reacted so badly to this question that he didn't know how to answer it and so kept silent.

'Come, come on, boy. Don't be afraid to tell the truth.'

'Well, I heard him say something, sir.'

'Come on, what? Out with it, Bob.'

'He said he thinks you must be kidding to think you will be elected, sir.'

'Did he say anything else, don't be afraid to come out.'

'Well, he said he thought you were keeping me too close.'

'Hey, is that all?' said Rhodric sounding disappointed.

This exchange was followed by a silent sulk for an hour and a half. Then as Bob was going home for dinner, his master said to him, 'Bob, there's not much on this afternoon. You can take half a day holiday if you like, and tomorrow morning too, if your daddy needs you to help him at home.'

Thank you, sir,' said Bob, surprised a gaining such favour beyond his expectation. On the other side his master presumed he had just made a good stroke of policy.

It was a delight to have Mrs Jones the Shop welcome and accommodate everyone who was to be directly involved in the election. And in all honesty I can affirm that her cheerfulness and hospitality reached their highest point as she received the Methodist Conference Emissaries to the Election, about an hour before they were due to conduct the meeting to choose elders.

Mrs Jones considered it only natural that the day had come, and that it should have come much sooner, to impose the honour of being an elder on her husband. He deserved it more than any other, she believed. Her delight that the day had finally come stimulated her to excel in the tea and delicacies she set before the visiting brethren.

But Mr Jones did not see the matter the same way. He was uncomfortable with the prospect of the preacher and county elder coming to his house in particular, and with the particular purpose of their coming. That night was an uncomfortable time for him. He couldn't sit still. He walked backwards and forwards, in and out, as if he were looking for something and didn't know what it was. He tried any excuse and looked for every obstacle, to avoid going to chapel that night, but he was unsuccessful. He hoped he would hear that the horse was incapacitated, or there was some sudden infirmity in the cow, or that a traveller had come to the shop so he would have to stay and attend to him. But all his wishes were in vain, and he had to accompany the representatives to chapel. His situation did not improve during the meeting. He felt an unbearable hotness in his head, and a great discomfort in his breast, especially in the neighbourhood of his heart. He wondered whether he was developing an illness, and almost decided to step out, but he had to remain in his place. He had never seen such a long meeting before, and few, if any of the members, understood much of what was being said.

The meeting was certainly a special one. There were some members who had not been seen at the mid-week Seiat (meeting) for years, and many who did not quite know whether or not they were still members and were having to prove their membership. Nobody took away Gwen Rolant's right to say, rather than write down, for whom she was voting which she did in rather a loud voice. The emissaries advised that although ten candidates had been named, only three had received the necessary number of votes, namely Mr Jones the Shop, Mr Peter Watcyn, and Mr, James Humphreys.

William Thomas sat in the corner of the great seat with his patriarchal head resting on his hands. As he heard the news, he closed his eyes and a look of gratitude appeared on his face, as if to say, 'Lord, now let thy servant depart in peace.'

But another face in the congregation formed a stark contrast to William Thomas's face: George Rhodric's.

[*Y Drysorfa*, XLVIII, 1878, p. 414]

Article VII   A Balanced View of the New Elders

The new Elders had been chosen but were they loved by everyone? No, I think not, at least not yet. Each new elder was thought by some to be either too old or too young, too rich or too poor, too prominent or too hungry. However, it is a comfort to all these newly elected elders, that most of their fellow church members consider them minimally qualified for the job, even if they themselves have doubts. I have to say that elders were never chosen with more unanimity of opinion, than the new elders of William Thomas's chapel. But, in saying this, I do not want anyone to suppose that everybody looked on them with great dissatisfaction.

There have never been three men so different in character to Mr Jones the Shop, Peter Watcyn, and James Humphreys. Though they must have some basic similarities, they were not, I suppose, chosen by the same groups of people.

Mr Jones is a kind and lively man, with a great deal of knowledge of the world, good in his circumstances, idealistic in his gifts, and full of desire to do good; yet there is a certain elegance about the way he has to a great extent, held back from public things.

Peter Watcyn is a man of some ideas. As I said before, he understands English well, and such know-how was well beyond his most of his contemporaries. But Peter Watcyn's main interest was singing. His focus on music was such that he could look at nothing except through the lines of a stave and give his opinion on little more than the sound of the tuning fork. Whenever I saw him, whether on the road, or in his own house, or in the chapel, the words

'Old Notation' and 'Tonic Sol-Fa' came immediately to my mind. Without meaning in any way to misjudge him, I think that many preachers heard more about Peter's pleasure in the *Songbook of Ieuan Gwyll* than insightful comments on their sermons.

And in the matter of the Bible James Humphreys was a learned, handsome and blameless man, of great age. He was a miner by profession, and he had long since started work in the bowels of the colliery before he received any education but that at Sunday School. As soon as he 'grew up', as the miners say, he married, and was blessed with several children. According to his ability, he brought them up in the Lord's education and doctrine. His mind was so small, especially in his own eyes, that he rarely ventured to offer his opinion on any subject. He never read any journals, and he rarely looked on any books other than the Bible, James Hughes's *Explanation*, and Charles's *Dictionary*. His faith in human nature was almost bordering on that of child, and was easier for a villain to deceive than many an infant. James Humphreys was one of those men who makes one think that they know nothing about the corruption of human nature, as they themselves do not continually complain about it. His world was very limited to his family, the coal-works, and the chapel. And yet when James Humphreys was on his knees, the congregation felt ourselves small and corrupt beside him. He possessed a key that could open the door of the spiritual world. O happy man, how many times have we envied you? On a Saturday night, in your poor household, when you would wash and clean yourself from the grime and dirt of the coal mine you are also washing away the remains of the week and the cares of the world from your mind. Your spirit is renewed and yearning for the Sabbath, which is God's gift to the working man. If the preacher was inadequate and unskilled, what difference did it make to James Humphreys? His spiritual nature had such passion that the most common foods he found tasty and delicious. No thoughts of shop, farm, or bargains crossed his mind, or prevented him from listening to every word that came out of the preacher's mouth. He would always describe any preacher as amateur, when he didn't grasp what they were talking about. His mind was too small to find an anomaly, and his heart was too full of love to admit the possibility of it. While other listeners were too worldly-minded, others too indifferent, and others too critical, to be able to enjoy the sermon, he would eat it with taste, and go out of the place of worship in high spirits. At Sunday School, while others wondered about the star's appearance in the east, he presented presents to the new born Child, such as his gold, his frankincense, and his myrrh. He had never spent any time nurturing any ambitions, and when he heard the emissaries to the Monthly Meeting announcing that he had been chosen an elder, he was as amazed as if he had been struck by lightning. And when he fell asleep that night, and that it was the greatest night in his hard working life story.

On the way home from the church meeting, Gwen Rolant said to Rhodric, 'Well, George, did you like it tonight? Did you either hate it or love it?'

'You ask and so I answer,' said George; 'but for once you are right. I'm not going to be a hypocrite. No, I am not happy and I do not care who knows it. Something like this is too much. To be an elder on this day, a man must be rich or foolish, and he must not care either. I am glad I'm not one of these able and talented men, who have worked all their lives with The Cause, who are now being thrown aside. One was chosen for keeping a shop, and another is chosen because he is similar to his grandmother, and the third because he has a tough face.'

'Wait! Wait, George,' said the old lady, 'don't talk too flat. You sound like a man who has been let down; and I'm afraid you're not in good spirits.'

'I am disappointed; 'said Rhodric, 'I am sorry to be overlooked. '

'We don't do that,' said Gwen. 'You remember the fox and grape story better than me. If we fail to accomplish a task, we should not then dismiss it as not worthy of our efforts. We should recognise that we have not applied our full endeavours and try to do things differently. And another thing, when I see a man preparing himself ahead of time to choose elders by buying a Diary, and things like that, I think at that moment his eye is on the big seat.'

George looked at her with surprise.

'You could help Mr Jones, and I'd help you. And you cold behave more like your grandmother. It would be good for many if they were more like their grandmothers. I would have a better opinion of their religion, and it might keep them out of the pubs.' Said Gwen. 'You know, George, that there is no hair on my tongue, and It is not right for you to run down the new elders. You're not worthy to tie Mr Jones's shoelace, either as a man or a Christian. And for James Humphreys, if he is innocent and untutored, like me, he has a religion that it would be good if you could die in its shadow. But I did not vote for Peter; and I do not know why the church chose him. The boy has filled his head with songs I know nothing about. When I was young, we had a prayer meeting at five o'clock on a Sunday afternoon, to ask for a blessing on the day, but now Peter and his crew have some "Do, Do, Sol" from the altar, and I find it hard to believe that the Great Lord is more willing to listen to this "Do, Do, Sol" than to a man on his knees. Before Peter and his kind took over, we'd sing one verse, many times over and over. That was yesterday's fun, but now, the Good Lord help me, the hymn has to be sung throughout, and no one knows what they are singing. We will never have a religious revival, I believe, while this old "Do, Do, Sol" is so much practised. But the boy is still young, and I hope he may yet find grace. If we had another old dear revival again, and he had a flame, I would say he would throw out his "Do, Do, Sol" book into the fire, and love to sing the same verse a hundred times over. '

'Well,' says Rhodric, 'I see, Gwen Rolant, that you are not entirely pleased, and, although I too consider Peter an entirely unworthy man to be an elder, I can see that with the Tonic Sol-fa, Peter has brought great benefit to the singing. Times have changed since you were young, and we must go after the age. Never for a hundred years have you seen congregation members jumping and shouting like stallions while the masses remain in ignorance. Things have changed a lot since then, and I don't want to wake up to that old thing again. '

'What are you saying, George?' said the old sister excitedly, standing in the middle of the road, and raising her stick as if she could hit him. 'What do you mean I don't think about reform? You're mad. Truly and sadly, you say the times have changed. People now think more about costume and smartness than they do about receiving a feast for the soul.

'And what do you mean when you say that the age before was ignorant? It is this age that is ignorant. In my time, neither the Hymn Book nor the Tonic Sol-fa book was needed in the chapel, but everyone could use their tongues. Now, when the Hymn number is announced, everyone must have a book before them, otherwise things come to a quick stop. I liked it when a preacher would just give out the old verse, "Here is a Keeper to the Lost." Now you will see the folk whispering in each other's ears, "What page? What page?" Yes, in the old English. Yes, the times have changed; but do you think God has changed? You never learned the beloved verses. Do you think our God is turning to fashion? When He comes, He will clear the world of sin, of righteousness, and give judgment and tell you are clumsy, and your heart is proud."

With that she broke into song.

> *As if the old breezes didn't come,*
> *As they did in earlier days.*

'Yes, I'll go over it again and again despite your "Do, Do, Sol,"' said the zealous old woman, singing at the top of her voice. She was still singing when Rhodric left her.

But there was no spirit of song in George Rhodric himself. With a heavy heart, the grumpy man with his sour and sarcastic face, went to his house to escape the singing of Gwen Rolant.

Later that evening a young man with a mischievous turn of mind sang this little ditty.

> *Poor George Rhodric thought he'd go to the top.*
> *But to his disappointment, he was forced to stop!*
> *Both Jones and James were more lowly in mind,*
> *So over to them our votes we combined.*
> *And Peter Watcyn, zealous with insight,*
> *Ventured yet higher to gain his right.*
> *Oh feast and learn your lesson to come down,*
> *And sing no song of blame to mask your frown.*

[*Y Drysorfa*, XLVIII, 1878 p. 459]

Cymeriadau
Methodistaidd

At y Darllenydd

Parotowyd 'Offrymau' hyn i'r wasg gan mwyaf, yn ystod afiechyd a hir nychdod, ac ymddangosasant, bron yn y wedd bresennol, o dro i dro, yn y DRYSORFA; ac hwyrach fod esgusawd yn ddyledus oddiwrthyf am eu cyhoeddi fel hyn yn llyfr. Nid ydwyf yn dyggwyl elw nac enwogrwydd oddiwrth fy llyfryn; ond rhagrithiwn pe dywedwn nad ydwyf yn ystyried fod ynddo ronyn bach o deilyngdod, a chredaf y gall y darlleniad o hono wneyd peth lles a fforddio ychydig o ddifyrwch. Nid ydwyf heb gofio y gall gwendid corfforol gynyrchu gwendid meddyliol, ac fod yn bosibl mai cyfuniad o'r ddau wendid a barodd i mi ymgymeryd â'r anturiaeth hon. Os bydd darlleniad o'r llyfr yn cadarnhau y dybiaeth, nid oes genyf ond erfyn ar y darllenydd i edrych arno fel gwendid.

YR AWDWR

Gorphenaf, 1879

Articl I   Mr John Rhydderch

Mae darluniau pin ac inc o bregethwyr, llenorion, a gwladweinwyr, erbyn hyn, yn bethau tra chyffredin; ond anfynych y cyfarfyddwn â darlun neu ddesgrifiad o un o'r 'bobl,' neu'r werin. Ac eto y mae ymhlith ein cynnulleidfáoedd crefyddol lawer ag sydd yn meddu ar lawn cymaint o nodweddiadau gwahaniaethol gwir gymeriad, er eu bod yn amddifad o aruchel- edd meddwl a diwylliad. Mae cymaint o amrywiaeth yn ngwir gymeriad pob un o'n gwrandäwyr âg sydd yn eu gwynebpryd. O'r ochr arall, y mae cymaint o debygolrwydd ac unoliaeth yn mhrif linellau cymeriad llawer o honynt, fel y byddai desgrifiad byw o un gwrandäwr yn y naill gynnulleidfa yn ddesgrifiad agos mor fyw o wrandäwr arall mewn cynnulleidfa bellder mawr o ffordd oddiwrtho.

Ein hamcan yn yr ysgrifau hyn fydd rhoddi desgrifiad, oreu y gallom, o wahanol wrandäwyr, yn aelodau ac heb fod yn aelodau eglwysig, y rhai sydd mewn un ystyr yn meddu ar nodweddau personol neillduol iddynt eu hunain, ac mewn ystyr arall yn cynnrychioli dosbarth o wrandáwyr mewn gwahanol gynnulleidfáoedd. Rhaid i'r darllenydd esgusodi symlrwydd a diaddurnrwydd y desgrifiadau, o herwydd natur y gwrthddrychau a ddarlunir. Ond tra yn gofyn am yr esgusawd hwn, yr ydym yn rhoddi ein gair y bydd y darluniau yn rhai gwirioneddol, ac nid yn ddesgrifiadau o bersonau ffugiol.

Ni a ddechreuwn gyda Mr John Rhydderch. Mae efe yn ddyn canol oed, cryf a golygus, a llawer iawn o'r 'dyn' i'w ganfod yn ei wynebpryd. Nid ydyw yn proffesu crefydd, er fod ei holl deulu yn aelodau eglwysig. Ystyrir ef gan ei gymydogion yn ŵr call — callach na'r cyffredin o ddynion; ac y mae yn dilyn y moddion cyhoeddus ar y Sabboth gyda chysondeb. Clywais gan ei athraw yn yr Ysgol Sabbothol fod ei wybodaeth o'r Ysgrythyrau yn ëang, a'i allu i esbonio adnod yn fawr iawn, pan na bydd ergyd yr adnod yn cyfeirio at grefydd bersonol neu brofiad cristionogol. 'Ar yr adegau hyny,'' meddai ei athraw, 'bydd yn dewis cael ei basio.' Mae ei farn ar bregethwyr yn addfed; a gall wahaniaethu rhwng pregethwr da a phregethwr trystfawr. Mae yn hoff o siarad am bregethwyr a phregethau fydd yn amlygu llawer o allu meddyliol; ond os bydd y bregeth yn un 'gyfeiriol,' ac yn archolli cydwybodau a chalonau gwrandäwyr anufudd, bydd naill ni yn ddystaw neu yn arddangos awydd i ymddyddan am rywbeth arall, er y gwyddys ei fod yn gwerthfawrogi y bregeth, ac i raddau helaeth yn teimlo ei grym.

Mae Mr Rhydderch yn cymeryd dyddordeb mawr yn amgylchiadau allanol crefydd, a phob amser yn hynod o hael yn ei gyfraniadau. Mae rhywbeth yn ei attal í i roddi llettŷ i lefarwyr; ond yr ydym yn sicr mai nid diffyg moddion na diffyg caredigrwydd ydyw y rhywbeth hwnw. Nid gwiw a fyddai i neb ddyweyd gair i brwnt yn ei glywedigaeth am weinidogion yr efengyl, ac yn enwedig am weinidog y lle. Gwae iddo a fyddai hyny. Mae yn wir ei fod yn graff i ganfod diffygion mewn crefyddwyr; ond ni chlywir ef byth yn yngan gair anmharchus am grefydd. Mae yn ofalus am anfon ei blant i'r moddion crefyddol, ac nid oes dim a'i boddia yn fwy na chlywed fod Bob bach wedi 'dyweyd pennod allan;' a bydd yn gofalu am ddangos rhyw ffafr iddo am hyny. Bydd ef ei hun yn darllen cryn lawer ar y Bibl, ond nid yn ngolwg neb. Os dygwydd iddo fod adref ei hun, neu ynte wedi aros i fyny ar ol i'r teulu fyned i orphwys, bydd Mrs Rhydderch, yr hon syad wraig lygadog a duwiol, ac yn chwilio bob amser am ryw arwydd er daioni yn ei gŵr, yn canfod wedi hyny fod yr 'Hen Lyfr' wedi bod ar led.

Mae rhai dynion ag yr ydys yn teimlo cryn anhawsder i siarad â hwynt am bethau mawr crefydd. Un o'r dosbarth hwnw ydyw Mr Rhydderch. Er ein bod yn sicr fod gormod o'r gŵr boneddig ynddo i ddyweyd gair cas wrthym, eto y mae rhyw fath o sternness yn ei gymeriad, ac ymwybyddiaeth ynom nad allem ddyweyd dim wrtho nad yw yn ei wybod eisoes, yn peri i ni deimlo anhawsder mawr 'closio ato,' fel y dywedir, i ymddyddan âg ef am ei gyfiwr. Mae Mr Rhydderch wedi llenwi llawer swydd bwysig yn yr ardal lle y mae yn trigo, ac yn meddu ar ymddiried llwyraf ei gymydogion; ac nid oes yr un crefyddwr âg y mae ei egwyddorion yn uwch, a'i anrhydedd yn ddysgleiriach, gyda golwg ar bethau y byd a'r bywyd hwn. Mae yn ddyn llawn o gymwynasau; a chafodd y weddw a'r amddifad amddiflynydd ynddo. Beth sydd yn ei gadw yn ol oddiwrth grefydd? Nid ydym yn gwybod ond am un peth — mae y dafarn felldigedig yn fagl iddo. Mae ef ei hun yn gwybod hyn yn dda, ond y mae yn rhy falch i gydnabod y ffaith. Anhawdd genym yw gollwng Mr Rhydderch o'n gobeithion; ac y mae y meddwl iddo fod yn ol yn y diwedd yn ofnadwy. Ond pan gofiom ei fod wedi gwrandaw doniau gwychaf y pulpud Cymreig, a'i fod yn awr, yn ol pob ymddangosiad, yn yr un man âg yr ydoedd ugain mlynedd yn ol, yr ydym yn gorfod credu y bydd raid i Dduw yn ei ras roddi rhyw ysgytiad arswydus iddo cyn y dygir ef i roddi ufudd-dod llwyr i efengyl Mab Duw. Nid ydyw Mrs Rhydderch wedi anobeithio am dano, na phallu gweddio drosto. Gadewch i ni obeithio yr atebir ei gweddiau.

L. N. M.

[*Y Drysorfa*, XLVIII, 1878, p. 177]

Articl II   Robert Matthews

Cwestiwn teilwng o'r athronwyr ydyw i ba raddau y mae dyn yn gyfrifol am ddifiygion sydd ynddo yn naturiol, nad allasai nac amser na lle, na manteision nae anfanteision, eu dileu, er y gallasent, o bosibl, roddi fiurf arall arnynt. Awgrymwyd y cwestiwn hwn i'n hystyriaeth wrth feddwl am Robert Matthews, neu fel yr adwaenir ef yn gyffredin, 'Yr Hen Father.' Mae Robert yn un o'r dynion mwyaf anhawdd ei adnabod a adwaenasom erioed, os goddefir i ni siarad mor wrthddywediadol. Yn wir, crynswth o wrthddywediad ydyw Robert ei hun, druan. Y rhai sydd yn ei adnabod oreu ydyw y rhai sydd yn ei adnabod leiaf. Gallai y rhai a fu yn ei gwmni ond am ychydig dybied eu bod yn ei adnabod yn lled dda; ond nid ydym yn gwybod am neb sydd wedi byw blynyddoedd gydag ef na fyddent yn barod i dystio nad ydynt yn deall ond ychydig arno.

Yr ydym yn credu, ac yn teimlo yn hapus yn y grediniaeth, nad ydyw yr Hen Father yn cynnrychioli dosbarth lliosog o wrandäwyr na chrefyddwyr; ac o herwydd hyny nid buddiol a fyddai rhoddi desgrifiad maith o hono, gan nad atebai hyny ddybenion cyffredinol. Pe buasai blynyddoedd yn ddigonol i wneyd dyn yn synwyrol, buasai efe felly; oblegid blodeua y pren almon ar ei goryn. Nid yn y gorlan y mae efe ynddi yn awr y dygwyd Robert i fyny; ac er fod blynyddoedd lawer bellach er pan adawodd ei gorlan ei hun, mae tipyn o wahaniaeth rhwng ei frefiad ef â brefiadau y defaid eraill. Yn ystod ei oes y mae wedi bod yn ymgeisydd am bob swydd bron mewn byd ac eglwys; a phe buasai ei gymydogion a'i gydaelodau eglwysig o'r un feddwl âg ef, buasai yn ddiammheuol wedi cael pob swydd; ond yn anffodus, dygwyddodd iddynt ymhob amgylchiad feddwl yn wahanol. Erbyn hyn y mae cyfnewidiad trwyadl wedi cymeryd lle yn syniad Robert am swyddi, ac yn enwedig am swyddogion. Yn ol ei syniad presennol, ni ddylai swyddi gael eu goddef i fodoli o gwbl; a'r swyddogion y sydd ydynt, yn ol ei feddwl ef, y dynion gwaelaf, os nad y rhai gwaethaf hefyd, o bob dynion. Mae Cymanfaoedd a Chyfarfodydd Misol, a'r cyftelyb, yn sefydliadau na ddylid ar un cyfrif eu cefnogi. Mae talu i ddynion, nad ydynt yn well nag ef ei hun, am bregethu yr efengyl, yn wrthun yn nhyb yr Hen Father; ac ystyriai ei hunan yn gwneuthur camwri pe cyfranai swllt at gynnaliaeth y weinidogaeth. Yn wir, nid ydyw efe yn cydweled âg unrhyw sefydliad sydd yn gofyn arian tuag at ei gynnal i fyny, ac ymddyga bob amser yn berffaith gyson â'r egwyddor odidog hon.

Mae efe mewn un ystyr yn gristion amIwg, oblegid pan lefara yn gyhoeddus, yr hyn sydd yn dygwydd yn bur fynych, llefara bob amser ar ddammegion; a phriodol y gellir dyweyd mai heb ddammeg ni lefarodd efe. Ond yn ofer y gofynir, Eglura i ni y ddammeg hon. Nid oes dim eglurhâd yn dyfod; a'r unig beth a allwn ddyfalu ydyw fod y ddammeg yn cynnwys pilsen wenwynig âg y mae Robert yn rhy anonest ac annynol i'w gweinyddu i'r rhai y mae yn ei bwriadu heb y blawd a'r triagl sydd o'i chwmpas. Mae efe yn Ismael o'r Ismaeliaid, a phrin y gellir dyweyd ei fod ar delerau da â neb na dim ond â'i logell, gan mai anfynych yr aflonydda efe ar dawelwch hon, oddigerth pan fydd eisieu ychwanegu at ei thrysorau. Y mae efe, fel y gallesid braidd ddysgwyl, yn un gor-zelog dros yr hyn a eilw yn ddysgyblaeth, eglwysig, sef nid gwaith y bugail yn porthi y praidd, neu yn eu cysuro â'i wialen a'i ffon, ond eu curo â'r wialen haiarn, os nid cymeryd y twca at ambell hwrdd neu ddafad. Trwy erwinder y mynai eí'e drin pawb, yn ddynol a duwiol deulu.

Yr ydym yn cofio yn dda, flynyddau yn ol pan glywsom am ei briodas, i fraw ein meddiannu rhag y buasai Rnagluniaeth ddoeth yn gweled yn dda roddi iddo blant ar ei lun a'i ddelw ei hun; ond o drugaredd, neu ynte mewn canlyniad i ryw freak o eiddo natur, y mae ei blant yn tyfu i fyny yn debyg i blant pobl eraill, heb ddim o ddincod y grawn surion a fwytäwyd gan eu tad hyd yn hyn ar eu dannedd.

L. N. M.

[*Y Drysorfa*, XLVIII, 1878, p. 178]

Articl III   Mr Jones Y Siop a George Rhodric

Mae yn debyg fod rhyw wir yn y dywediad fod pawb yn fawr yn ei ffordd ei hun. Eglur yw nad yr hyn ydyw dyn ynddo ef ei hun sydd yn ei wneyd yn fawr, ond yr hyn ydyw o'i gymharu â phobl eraill yn yr un ardal ag ef. Mae a fyno lle gryn lawer â'r hyn sydd yn cyfansoddi mawredd mewn dyn. Ni byddai yr hwn a ystyrir yn fawr mewn un gymydogaeth ond bychan a disylw mewn cymydogaeth arall. Ar yr un pryd, ni byddai yn gyfiawn ynom oeisio difeddiannu dyn o'i fawredd ar y dybiaeth na byddai yn fawr pe symudai i ardal arall. Annheg i'r eithaf a fyddai ceisio tynu un iod nac un tipyn oddiwrth fawredd John Jones, neu fel yr adwaenir ef gan ei gymydogion, Mr Jones y Shop. Os na chafodd fanteision addysg yn more ei oes, nid ei fai ef oedd hyny. Pe cawsai hwynt, dilys y buasai wedi gwneyd defnydd da o honynt. Gan fod yr ardal lle y trigianna yn un boblogaidd, a llawer o weithfeydd ynddi, darfu iddo mewn amser cymhariaethol fyr, trwy ddiwydrwydd, gyrhaedd sefyllfa ag yr edrychid arno gan ei gymydogion fel 'dyn pur dda arno.' Dechreuodd gadw shop mewn tŷ lled fychan; ac am rai wythnosau meddyliodd mai ei chadw hi a fyddai raid iddo, ac na ddeual y shop byth i'w gadw ef. Ond trwy brynu yn y farchnad ore, a gwerthu am brisiau rhesymol, daeth yn fuan yn fasnachwr llwyddiannus. Wedi cyrhaedd sefyllfa gysurus, fel pob dyn call cymerodd ato gymhar bywyd. Merch ydoedd hi i amaethwr cefnog yn y gymydogaeth, yr hon, heblaw ei bod wedi cael addysg dda, oedd feinwen landeg a hardd. Os oedd llawer o fân fasnachwyr yn cenfigenu wrth Mr Jones am ei lwyddiant blaenorol, yr oedd mwy o ddynion ieuainc yr ardal yn cenfigenu wrtho

am ei Iwyddiant diweddaf hwn; oblegid edrychid ar - Miss
Richards —canys dyna oedd ei henw mwy o ddrwg i'w
ddyweyd am dani na'i bod 'braidd yn uchel ei ffordd,' ac
hwyrach fod rhyw gymaint o sail i'r cyhuddiad hwn. Y
cyntaf yn yr ardal i deimlo effeithiau priodas Mr Jones
ydoedd George Rhodric: y teilivr; canys hyd yn hyn buasai
Mr Jones yn gwsmer rhagorol iddo; ac yr oedd y siopwr yn
dyfod i fyny ymhob ystyr â drychfeddwl y dilledydd am
gwsmer da, sef yn un oedd yn gwisgo llawer o ddillad, un
hawdd ei fftio, un hawdd ei foddio, ac un yn talu arian
parod yn ddirwgnach. Pan ddaeth y si allan gyntaf am y
briodas, nid oedd neb yn fwy zelog yn seinio clodydd
doethineb dewisiad Mr Jones na George Rhodric; ac yn
ddystaw bach rhyngddo ag ef ei hun, dysgwyliai
ysglyfaeth nid bychan ynglŷn â'r amgylchiad; ac er iddo,
pan agoshaodd yr amser, gael ei siomi yn y peth diwpddaf,
nid allai lai na chanmawl cynnildeb Mr Jones, pan
adgofiodd mai yn ddiweddar iawn y gwnaethai efe suit
newydd iddo, ac fod hono yn un eithaf pwrpasol i'r
amgylchiad hapus, er, ar yr un pryd, yr oedd yn gorfod
cyfaddef wrth ei brentis na buasai neb yn beïo Mr Jones
am gael suit newydd gogyfer a'i briodas. Ond pa faint
oedd ei brofedigaeth, pan ddeallodd, mewn ymddyddan â
gwas i Mr Jones y noson cyn y briodas, fod ei feistr wedi
cael dillad newydd o'r dref fawr nesaf? Yr Oedd naill ai yn
rhy synwyrol, neu ynte yr oedd y brofedigaeth yn ormod
iddo allu dyweyd llawer; ond aeth adref â'i ben yn ei blŷf.
Yr oedd ganddo faner o ganfas wedi ei pharotoi, a'r
geiriau 'LLWYDDIANT I'R PAR IEUANC' wedi eu
gwneyd o wlanen goch a'u gwnio yn gywrain arni, yr hon
a fwriadasai gwhwfanu o ffenestr y llofft ddydd y briodas ;
ond ar ol yr ymddyddan y cyfeiriwyd ato, lapiodd hi i fyny
mewn papyr llwyd hyd ryw amgylchiad dyfodol. Yr oedd
yn dda ganddo, erbyn hyn, nad oedd wedi rhoi enwau y
pâr ieuanc ar y faner, fel y bwriadasai ar y cyntaf. Sylwyd,
ddydd y briodas, gan y cymydogion, na ddaeth George

Rhodric na'i brentis allan o'r tŷ, a'r rheswm a roddid am hyny oedd eu bod yn rhy brysur. Yr oedd hyn yn brofedigaeth fawr i'r prentis, gan y rhoddid té a bara brith i blant yr Ysgol Sul gan gyfeillion Mr a Mrs Jones; ond gwnaed i fyny iddo am hyny, i raddau, trwy i'w feistr roddi iddo dair ceiniog am aros i mewn, ac addewid am holiday y dydd Llun canlynol. Er na ddaeth George Rhodric allan o'r tj ddydd y briodas, tystiai y prentis ddarfod iddo, pan oedd y priodfab a'i wraig yn pasio ei dŷ edrych yn ddirgelaidd trwy y ffeneytr; ond yr uniff eiriau y clywodd y prentis ef yn ddyweyd oeddynt, 'Wel, fuasai raid iddo ddim myned i Gaer i gael y rhai yna.'

Yr oedd gan Rhodric ychydig edmygwyr, y rhai a fynychent ei weithdy, i wrandaw ar ei ddoethineb, ac i gael 'pibellaid' Nid allai y rhai hyn lai na nogio eu penau, i ddangos eu cymeradwyaeth, pan y byddai y dilledydd yn siarad yn awgrymiadol ac mewn hanner brawddegau. 'Son yr oeddych,' meddai, 'am briodas Mr Jones. Wel, dyma ydi fy meddwl i, —y dylai dyn fod yn ddyn, ac nid cael ei lywodraethu gan ei wraig. Mae arian yn burion yn eu lle; ond nid arian ydi pobpeth. 'Does gen i ddim i'w ddyweyd am Mr Jones; ac am Mrs Jones—wel, nid fy lle i ydi dyweyd dim.' Nid yn yr awgrymiadau hyn a'r cyffelyb, yn unig, y canfyddid y cyfnewidiad yn syniadau George, mewn perthynas i'w barchedigaeth i Mr Jones, ond gwnai ei ymddangosiad ar achlysuron cyhoeddus. Yn flaenorol, pan y gelwid ar Mr Jones i 'ddyweyd gair' ar unrhyw fater, byddai Rhodric fel pe buasai yn llyncu pob gair a ddeuai o'i enau, ac yn porthi y gwasanaeth yn y fath fodd fel ag y buasai dyn llai synwyrol na Mr Jones yn ymfalchio, ac yn myned i feddwl llawer o'i ddawn; ond ar ol yr amgylchiadau y cyfeiriwyd atynt, byddai George Rhodric naill ai yn ymddangos mewn myfyrdod dwfn neu ynte yn troi dalenau y llyfr hymnau.

Buasai yn beth i ryfeddu ato pe na buasai cysylltiad newydd Mr Jones â theulu oedd yn dda arnynt, ag yntau ei

hun eisoes mewn amgylehiadau cysurus, heb effeithio
rhyw gymaint ar fanteision ac ymddangosiad ei fasnachdy.
Nid hir y bu, pa fodd bynag, heb wneyd y tŷ yn llawer
helaethach, a'r shop yn llawer mwy cyfleus a golygus.
Ond yr hyn a synodd rai O'r cymydogion fwyaf oedd y
cyfnewidiad yn y sign uwch ben y faelfa. Yr hyn a arferai
fod ar yr hen sign oedd, 'J Jones, Grocer. Licensed to sell
Tobacco.' Ond ar y sign newydd, yr hon oedd gymaint
ddwywaith a'r un flaenorol, yr oedd, 'J.R. Jones, Provision
Merchant.' Cafodd rhai O'r ardalwyr diniwed eu twyllo yn
hollol pan welsant y sign newydd. Tybiasant ar unwaith
fod Mr Jones yn bwriadu gadael y gymydogaeth, a myned
i fyw ar ei arian, a'i fod yn parotoi y shop i ryw berthynas
agos iddo, ac y byddai'r fasnach yn rhywbeth hollol
wahanol i'f hyn oedd wedi arfer a bod, hyd nes yr aeth rhai
o honynt at George Rhodric. 'Wel, yr ydych yn rhai
diniwed, bobl bach,' ebe fe; 'oni wyddoch beth ydyw y
llythyren gyntaf yn enw teulu Mrs Jones? ac oni wyddoch
fod yr enw J Jones yn enw common iawn—annheilwng o
ddyn cyfoethog? 'Does dim eisieu i neb ddeyd wrtha i pwy
sydd wedi bod wrth y gwaith yna. Mae Mr Jones yn ddyn
da; ond y mae llawer dyn da cyn hyny wedi cael ei
andwyo gan ei wraig. Mi feder balchder wneyd ei flördd i
le gwledig fel hyn, yr un fath ag i Lunden. Dyna meddwl
i.'

Afreidiol yw dyweyd fod sylwadau ac awgrymiadau
George Rhodric wedi taflu y fath oleuni ar y
cyfnewidiadau y cyfeiriwyd atynt nes llwyr foddloni
meddyliau ei edmygwyr ar sefyllfa pethau, ac fod ei
dreiddgarwch a'i ddoethineb yn fwy yn eu golwg nag
erioed ; ac ni ddarfu un o honynt ddychymygu am foment
fod un gair a ddywedodd yn tarddu oddiar genfigen.

Teg ydyw hysbysu y darllenydd mai nid trwy Iygaid
George Rhodric yr edrychai mwyafrif cymydogion
MrJones,ac yn enwedig pobl y capel, ar y cyfnewidiadau a
gymerasent le yn ei am. gylchiadau. Gan fod yr eglwys y

perthynai Mr Jones iddi yn cael ei gwneyd i fyny gan mwyaf o bobl lled dlodion, yr oedd efe, er ys amser bellach, yn gefn mawr iddi mewn ystyr arianol; ac yr oedd y parch a delid iddo yn gyffredinol gan yr eglwys yn tarddu, nid yn gymaint oddiar yr ystyriaeth ei fod yn uwch mewn ystyr fydol na'r cyffredin o honynt hwy, ond oddiar anwyldeb dwfn a gynnyrchwyd gan ei garedigrwydd, ei haelioni crefyddol, a'i gymeriad gloew. Credu yr ydym y buasai William Thomas, y pen blaenor, yn tori ei galon pe dygwyddasai i amgylchiadau gymeryd Mr Jones o'r gymydogaeth, gan fel yr oedd yn ei garu fel y cyfaill goreu y cyfarfyddodd âg ef ar y ddaear. Gan i ni son am William Thomas, mae efe yn teilyngu i ni ei ddwyn i bennod arall.

[*Y Drysorfa*, XLVIII, 1878, p. 222]

Articl IV   Mr Jones Y Siop a William Thomas

Tua'r adeg yr ydym yn ysgrifenu yn ei gylch, nid oedd ar yr eglwys y perthynai Mr Jones iddi ond dau flaenor yn unig, ac edrychid ar William Thomas fel y pen blaenor. Ennillodd y swydd, a'r uchafiaeth yn y swydd, yn gwbl yn rhinwedd purdeb ei gymeriad ac ysbrydolrwydd ei grefydd. Gweithiwr mewn ffermdy a fuasai ei dad o'i flaen, a gweithiwr yn yr un man ydoedd yntau. Nid ennillasai erioed fwy na deunaw swllt yn yr wythnos. Magasai loned tŷ o blant, ac o angenrheidrwydd ni chododd yn ei fywyd uwchlaw prinder. Ond er hyn, yr oedd efe, yn ddiau, y cyfoethocaf tuag at Dduw yn yr holl gymydogaeth; ac ni theimlodd bangfa anghen erioed ond fel yr oedd yn anfantais ynglŷn â chrefydd. Yn y wedd hon teimlodd i'r byw, a llawer tro y llifodd y dagrau dros ei ruddiau am na fedrai roddi lletty i bregethwr, na chyfranu fel y dymunai at ryw achos y byddai ei galon yn llosgi am ei lwyddiant. Er cymaint oedd y gwahaniaeth yn eu sefyllfa fydol, llawer tro y teimlasai Mr Jones yn y cyfarfodydd eglwysig y buasai yn barod i roddi ei shop a'i holl eiddo am grefydd ac ysbrydolrwydd William Thomas.

Rhwng fod Mr Jones wedi bod mor gaeth i'w fasnach, a William Thomas yn byw bellder o ddwy filldir mewn diffeithwch yn y wlad, ni buasai y blaenaf erioed yn nhŷ y diweddaf, er iddo addaw iddo ei hun y pleser hwnw ugeiniau o weithiau. Ond un prydnawngwaith, yn mis Mehefin, cyfeiriodd Mr Jones ei gamrau tuag yno; ac wedi dyfod o hyd i babell yr hen bererin, safodd am enyd mewn syndod yn edrych arno. Er ei fod yn weddol gydnabyddus âg amgylchiadau W Thomas, ni feddyliodd erioed ei fod yn preswylio mewn annedd mor ddiaddurn; ac nid allai lai, yn yr olwg arno, na gofyn iddo ei hun, wrth adgofio y gwleddoedd a fwynhasai yn nghymdeithas ei breswylydd, ai onid oedd iselder sefyllfa a chyfyngder amgylchiadau yn fanteisiol i adgynnyrchu ysbryd yr Hwn nad oedd ganddo le i roddi ei ben i lawr? 'Tŷ a siamber,' fel y dywedir, cedd yr annedd, a thô gwellt arno. Yr oedd gwàl isel o'i flaen, a llidiart bychan gyferbyn a drws y tŷ. Yr oedd yn hawdd gweled oddiwrth y llestri a'r celfi oeddynt ar hyd y wàl, eu bod yno am nad oedd ystafell briodol i dderbyn y cyfryw oddimewn. Ar y naill ochr i'r tŷ yr oedd gardd fechan a thaclus; ar yr ochr arall yr oedd pobty, o wneuthuriad diammheuol y preswylydd, neu ynte un o'i hynafiaid. Ar ben simdde yr adeilad yr oedd padell bridd heb yr un gwaelod iddi, ac wedi ei throi â'i gwyneb yn isaf. Ychydig y naill du yr oedd adeilad bychan arall, lle y porthid un o hiliogaeth creaduriaid rhochlyd gwlad y Gadareniaid. Yr oedd yr adeilad hwn yn ddiweddarach o ran arddull na'r tŷ annedd, gan fod iddo lofft a mynediad i mewn iddi o'r tu allan, lle y cysgai rhyw arall o greaduriaid, ac o ba le hefyd y clywid, yn oriau cyntaf y bore — gan nad pa mor dderbyniol a fyddai hyny i'r chwyrnwr a gysgai yn y gwellt odditano — lais uchel a chlir y rhybuddiwr a weithredodd mor effeithiol ar Simon Pedr gynt. Tra yr oedd Mr Jones yn edrych o'i gwmpas, daeth bachgen bychan bywiog ar ei redeg i ddrws y tŷ; ond càn gynted ag y gwelodd y gŵr dyeithr, rhedodd yn ei ol, gan waeddi ar ei fam fod 'dyn yr adnod' wrth y llidiart.

Gelwid Mr Jones yn 'ddyn yr adnod' gan blant William Thomas am mai efe yn gyffredin a fyddai yn gwrandaw y plant yn dyweyd eu hadnodau yn y cyfarfodydd eglwysig.

Daeth y fam, yr hon oedd gryn lawer yn ieuengach na'r gŵr, i gyfarfod Mr Jones; a gwahoddodd ef i ddyfod i mewn, 'os gallai', gan gyfeirio yn ddiammheu at fychander y drws. Yr oedd William Thomas, erbyn hyn, wedi sylweddoli ei ddyfodiad, ac wedi tynu ei yspectol, a'i wyneb yn dysgleirio gan lawenydd. Canfyddodd Mr Jones nad oedd gwedd dufewnol y tŷ yn rhagori llawer ar yr allanol. Yr oedd hyny o ddodrefn oedd yno yn hynafol, ac yn ymddangos eu bod wedi gwasanaethu llawer cenhedlaeth. Ar un ochr i'r tân yr oedd hen settle dderw, lle y gallai tri neu bedwar eistedd; yr ochr arall yr oedd cadair ddwyfraich, i'r hon yr arweiniwyd Mr Jones. Yr oedd y cyfleusderau eraill i eistedd yn gynnwysedig mewn ystolion, y rhai oeddynt yn amrywio mewn maint a llun; a rhwng y rhai hyny a'r plant yr oedd cryn gyfatebiaeth. Nid oedd yr hyn a alwent yn fwrdd mewn gwirionedd ond ystôl megys wedi gordyfu; a gallai yr anghyfarwydd dybied mai hi ydoedd mam yr holl ystolion eraill. Yr oedd muriau yr annedd yn llwydion, ac yn hollol ddiaddurn, oddigerth gan un neu ddau o ddarluniau a gymerasid o 'gyhoeddiad y corff,' ac a ddodasid mewn hen fframiau, un o ba rai oedd darlun o'r diwéddar Parch Henry Rees. Yr oedd y darlun yn ymddangos yn lled newydd, ond yr oedd y ffrâm yn dangos yn rhy eglur ei bod wedi gwasanaethu darlun neu ddarluniau eraill, y rhai oeddynt oll wedi gorfod rhoddi lle i'w gwell. Y dodrefnyn gwerthfawrocaf yn y tŷ oedd hen awrlais â gwyneb pres iddo, yr hwn, yn ol pob golwg, oedd wedi disgyn o dad i fab am genedlaethau, ac wedi duo cymaint gan henaint fel nad ellid dyweyd pa faint ydoedd ar y gloch arno heb fyned yn glòs i'w ymyl. Ac nid ar allanolion yr hen gloc yn unig yr oedd amser wedi effeithio, canys yr oedd profion rhy amlwg fod ei lungs yn ddrwg; oblegid pan fyddai ar ben taro, byddai yn gwneyd sŵn anhyfryd, fel dyn â brest gaeth, ac yn ymddangos fel ar ddarfod am dano; ond wedi i'r bangfa fyned trosodd, byddai yn dyfod ato ei hun, ac yn adfeddiannu ei iechyd am awe. Nid oedd llawer o ddibyniad ychwaith i'w roddi ar gywirdeb yr hen greadur; ac o herwydd hyny byddai William Thomas, er mwyn i'r wraig wybod pa bryd i'w ddysgwyl gartref, yn gadael ei oriawr ar hoel uwchben y lle tân wrth yr hon yr oedd yn grogedig gadwen o fetal sêl, a dwy gragen fechan. Yr oedd y plant oeddynt yn dygwydd bod yn y tŷ pan ddaeth Mr Jones i mewn wedi hel yn dŵr i un gongl, ac yn edrych yn yswil iawn; un yn cnoi ei frat, y llall â'i fŷs yn ei safn, a'r trydydd yn amlwg yn sugno ei gof, oddiar ofn i Mr Jones ofyn iddo am adnod.

Wedi cyfarch gwell, a dadgan eu llawenydd o weled eu gilydd, gwelid yr hen batriarch yn dwyn ymlaen yr unig groesaw y gallai ei gynnyg i ŵr o safle Mr Jones, yr hwn groesaw a gedwid yn mhoced ei wasgod, ac oedd yn gynnwysedig mewn blwch corn hirgrwn, a'r ddwy lythyren, W. T., wedi eu tori ar ei gauad. Ïë, hwn ydoedd yr unig foeth daearol a diangenrhaid y bu William Thomas yn euog o ymbleseru ynddo; a phwy, pa mor wrthsmocyddol bynag, a fuasai yn ei warafun iddo?

'Wel, William Thomas, yr wyf wedi dyfod yma i ofyn ffafr genych.'

'Ffafr gen' i, Mr Jones bach?' ebe fe.

'Ïë, ffafr genych chwi, William Thomas. Yr wyf yn deall fod teulu y Fron Hên yn ymadael â'r gymydogaeth; a chwi a wyddoch nad oedd neb ond hwy yn arfer derbyn pregethwyr yma; ac nid wyf wedi clywed fod un lle arall yn agor i'w derbyn; ac y mae Mrs Jones a minnau wedi bod yn siarad â'n gilydd am ofyn i chwi a gawn ni eu croesawu. Yrwan, ar ol i ni altro y tŷ acw, yr wyf yn meddwl y gallwn eu gwneyd yn lled gysurus. A dyweyd y gwir i chwi, William Thomas, dyna oedd un amcan mawr mewn golwg genyf wrth wneyd y lle acw gymaint yn fwy: bod dipyn yn fwy defnyddiol gyda'r achos, os byddwch mor garedig a chaniatau ein cais.'

Ar hyn daeth rhywbeth i wddf William Thomas fel nad allai ateb mewn mynyd. O'r diwedd dywedodd ei fod yn ofni ei fod wedi cael anwyd, gan fod rhyw grugni yn ei wddf, ac yn wir ei fod yn teimlo ei lygaid yn weiniaid. Nid oedd yr anwyd hwn, pa fodd bynag, ond o fyr barhad, canys ennillodd William Thomas ei lais clir arferol yn fuan.

'Wel, bendith arnoch, Mr Jones! yr ydych yn garedig dros ben, ac wedi cymeryd baich mawr oddiar fy meddwl i, sydd wedi peri i mi fethu cysgu yn iawn er pan glywais fod fy nghydswyddog a'i deulu o'r Fron Hên yn myn'd i'n gadael. Yr oeddwn i yn dirgel gredu o hyd yr agorai yr Arglwydd ddrws o ymwared i ni rhag i'w weision orfod ysgwyd y llwch oddiwrth eu traed yn yr ardal yma.

Chwi wyddoch, Mr Jones, fod yma eraill yn meddu ar y cyfleusderau, ond y mae gen' i ofn nad ydi'r galon ddim ganddynt. Mi gewch fendith, Mr Jones; fe dâl y pregethwr am ei le i chwi. 'Nac anghofiwch lettygarwch, canys wrth hyny y llettyodd rhai angylion yn ddiarwybod.' Un hynod o lettygar oedd yr hen batriarch. Pan ddaeth y bobl ddyeithr hyny heibio ei dŷ, ni wyddai fo yn y byd mawr pwy oeddan' nhw, ond ei fod yn guessio eu bod yn weision yr Arglwydd; 'ac efe a fu daer arnynt,' ac a roes y croeso gore iddynt; a chyn y bore yr oeddynt wedi troi allan yn angylion, ac fe'i cadwyd yntau rhag i un dafn o'r gawod frwmstan syrthio ar ei goryn. Yr oedd George Rhodric yn son wrtha' i am i ni dalu hyn a hyn y Sabbath am le y pregethwr; ond er na fedra i roi lletty i bregethwr fy hunan, yr ydw' i yn hollol yn erbyn y drefn yna. Pe buaswn i yn bregethwr, fuaswn i ddim yn gallu mwynhau pryd o fwyd yr oeddwn i yn gwybod fod rhywun arall yn talu hyn a hyn am dano. Mi fuaswn yn myned i feddwl faint, tybed, oedda'n nhw yn dalu, ac a oeddwn i wedi bwyta tua'r marc, neu a oeddwn yn peidio myn'd dros ben y marc; er, byd a'i gŵyr o, y mae y rhei'ny welais i o honynt yn bwyta digon ychydiug, y mae y rhei'ny welais i o honynt yn bwyto digon ychydig, ac yn enwedig y bechgyn o'r gwynebau llwydion o'r Bala yna. Ha! mi fuasai yn o orw gan Mair a Martha gymeryd tâl am le yr Athraw, goelia' i, Mr Jones. Ar yr un pryd, yr wyf yn credu mai diffyg ygtyriaeth gydd wedi rhoi cychwyniad i'r drefn mewn llawer man. Mae pobl yn eu hanystyriaeth yn cymysgu rhinweddau crefyddol, ac yn tybied os cyflawnant un gorchymyn yn lled dda fod hyny yn gwneyd i fyny am orchymyn arall tebyg iddo. Mae ambell ddyn da yn meddwl os bydd o yn cyfranu yn haelionus at y weinidogaeth, fod hyny yn gwneyd i fyny am lettygarwch, er ei fod, hwyrach, yn meddu tŷ da o chysurus, a digon o eiddo. Ond y mae hyny yn gamgymeriad, yr ydw' i yn meddwl; yr hen drefn sydd iawn. Diolch yn fawr i chwi, Mr Jones; mi gewch fendith yn siwr i chwi.'

'Yr ydych yn hollol yn eich lle gyda golwg ar lettygarwch, William Thomas,' ebe Mr Jones; 'a chan fy mod wedi cael fy neges, rhaid i mi ddyweyd nos dawch i chwi i gyd, a hwylio at yr hen lyfrau acw.' Ond cyn ymadael galwodd ato bob un o'r plant, o rhoddodd ddarn gwŷn yn llaw pob un; ac os rhaid dyweyd y gwir, yr oedd yn well gan y crefyddolion bychain gael y darn gwŷn na chael dyweyd adnod.

Fel yr oedd Mr Jones yn agoshau at y drws, yr oedd llaw ddehau William Thomas yn dyrchafu yn raddol i uchder ei ben; ac fel yr oedd Mr Jones yn yr act o gau y drws ar ei ol, daeth y llaw i lawr gyda nerth i gyffyrddiad â phen ei lin. 'Mary,' ebe efe, 'rhaid i ni gael gwneyd Mr Jones yn flaenor!'

[*Y Drysorfa*, XLVIII, 1878, p. 235]

Articl V   William Thomas a'r Dewis Blaenoriaid

Wedi deulu y Fron Hên ymadael â'r fro, llettyid pob pregethwr a ddeuai i'r daith gan Mr Jones y *shop*; a gadawyd William Thomas yn unig swyddog ar yr eglwys. Pa opiniynau bynag eraill a ddaliai yr hen flaenor yn wleidyddol ac eglwysyddol, nid oedd yn credu mewn unbenaeth; a mynych y cwynai o herwydd ei unigrwydd yn y swydd, ac y dangosai yr angenrheidrwydd am gael rhywrai i'w gynnorthwyo. Gan fod Mr Jones y *shop* yn cymeryd gofal y llyfrau, ac hefyd yn gweithredu fel trysorydd, yr oedd mwyafrif yr eglwys yn teimlo yn ddigon boddlawn i bethau aros fel yr oeddynt. Ond dadleuai William Thomas drachefn ei henaint a'i anfedrusrwydd yn y swydd, ynghyd â'r cyfrifoldeb mawr yr oedd yn ei gymeryd arno ei hun wrth fod yn unig swyddog mewn eglwys, lle yr oedd amryw eraill yn gymhwys i'r gwaith. Buasai George Rhodric yn cefnogi â'i holl galon ymbiliau William Thomas am gael ychwaneg o flaenoriaid, oni buasai fod dau rwystr ar ei ffordd. Yn un peth, yr oedd yn credu yn sicr, pe yr elid i ddewis, y buasai Mr Jones y shop yn myned i fewn; hefyd yr oedd yn gweled y posiblrwydd iddo ef ei hunan gael ei adael allan; ac yn ngwyneb y ddau beth hyn, penderfynodd fod yn ddystaw ar y pwnc. Ond yr oedd rhyw eneiniad amlwg i'w ganfod ar yr hen frawd Siôr yn ddiweddar; nid oedd mor dueddol i bigo beïau ag y bu, ac yr oedd rhyw ystwythder anarferol yn ei ysbryd, ac arwyddion eglur ei fod yn awyddus i fod ar delerau da â phawb, hyd yn nod â Mr Jones y shop a'i deulu. Buasai yn anfrawdol yn neb briodoli y cyfnewidiad hwn er gwell ynddo i unrhyw amcanion hunangar ac uchelgeisiol, ac nid oedd neb yn ei groesawu ac yn llawenhau mwy yn yr olwg arno na'r syml a'r difeddwl-drwg William Thomas.

Fel yr awgrymwyd yn barod, yr oedd nifer lliosocaf yr eglwys yn eithaf parod i bethau aros fel yr oeddynt; ac yr oedd yr hen bobl, yn enwedig yr hen chwiorydd, yn parhau i ddyweyd na chaent neb tebyg i William Thomas; ond yr oedd yr aelodau callaf a galluocaf, tra yn Ofni i'r amgylchiad droi allan yn achlysur cythrwfl ac anghydwelediad, yn gorfod cydnabod rhesymoldeb ac ysgrythyroldeb cais eu hen swyddog parchus. O'r diwedd, pa fodd bynag, llwyddodd yr hen frawd i gael gan yr eglwys anfon at y Cyfarfod Misol 'fod anghen arni am ychwaneg o swyddogion.'

Yn ngwyneb yr amgylchiad oedd bellach yn ymddangos yn debyg o gymeryd lle, yr oedd yn yr eglwys dri o wŷr yn teimlo yn bur wahanol i'w gilydd. Yr oedd un gŵr yn ystyried y dylasai gael ei ddewis; yr oedd un arall yn ofn cael ei ddewis; ac yr oedd un arall yn benderfynol na chymerai ei ddewis. Y gŵr a ystyriai ei hun yn feddiannol ar holl anhebgorion blaenor ydoedd George Rhodric; canys yr oedd yn un o'r aelodau hynaf yn yr eglwys, ac yn un o'r athrawon hynaf yn yr Ysgol Sabbothol; nid oedd ychwaith o ran dawn a gwybodaeth yn ddirmygedig; ac nid allai neb ddyweyd dim yn erbyn ei garitor. Wrth roddi y pethau hyn i gyd at eu gilydd, yr oedd efe yn ystyried y gallai sefyll cymhariaeth â phigion yr eglwys, ac na wnaethid camgymeriad wrth ei ddewis.

Heblaw hyn, yr oedd o'r farn fod eisieu 'gwaed newydd' yn y swyddogaeth. Nid oedd y class o bregethwyr oedd yn arfer dyfod yno i wasanaethu y peth y dylasai fod ; ac yr oedd yn canfod llawer iawn o ddiffyg trefn mewn amryw bethau eraill y buasai efe wedi galw sylw atynt er ys llawer dydd Oni buasai ei fod yn ofni i rywrai dybied ei fod yn ceisio 'ystwffo ei hun ymlaen.' Y gŵr oedd yn ofni cael ei ddewis ydoedd Mr Jones y shop. Yr oedd y rhan flaenllaw yr oedd wedi ei chymeryd gyda'r plant yn yr Ysgol Sabbothol, ac mewn cyfarfodydd eraill, ei waith yn cymeryd gofal llyfrau yr eglwys, a'r ffaith fod ei dŷ erbyn hyn yn gartref i bregethwyr, yn peri iddo weled nid yn unig y posiblrwydd, ond hefyd y tebygolrwydd, y dewisid ef. Er ei fod bob amser yn awyddus i wneyd yr hyn oedd yn ei allu dros achos crefydd, yr oedd yn ystyried fod cymaint o bwysigrwydd ynglŷn â swydd blaenor, ac yn amheu cymaint am ddiogelwch ei gyflwr ysbrydol, a'i gymhwysder personol i'r gwaith, fel y buasai yn rhodAi unrhyw beth bron i'r eglwys am beidio ei ddewis. Y gŵr arall oedd yn benderfynol na chymerai ei ddewis ydoedd Noah Rees. Gŵr ieuanc ydoedd ef, eiddil, gwyneblwyd, ac yn cael y gair fod ganddo lawer o lyfrau; ac yr oedd rhai yn myned mor bell ac eithafol a dyweyd fod ganddo gymaint a thri Esboniad ar y Testament Newydd, ac o leiaf ugain o lyfrau eraill ar wahanol bynciau. Er fod y chwedl anhygoel hon yn cael ei hammheu yn fawr ar y cyntaf, ennillasai fwy o gred yn ddiweddarach gan y ffaith ddarfod i'r gŵr ieuanc ennill dwy wobr mewn Cyfarfod Cystadleuol; un yn werth hanner coron, a'r llall yn werth tri swllt. Taenid y gair hefyd na byddai efe byth yn myned i'r gwely hyd un ar ddeg O'r gloch ar y nos, a bod ei fam yn cwyno ddarfod i Noah ddyfetha mwy o ganwyllau mewn un flwyddyn nag a ddarfu ei dad yn ystod ei holl oes, a'i bod yn sicr mai y diwedd a fyddai iddo golli ei iechyd. Heblaw fod Noah yn fwy difrifol, ac yn fwy rhwydd ac ufudd na'i gyfoedion pan elwid arno i gymeryd rhan yn y moddion cyhoeddus, yr oedd ei gôt, yr hon oedd bob amser o liw tywyll, gyda gwasgod yn cau yn glòs at y gwddf, ynghyd â'r ymarferiad o amddiffyn y rhan a enwyd olaf â muffler pan y byddai yr hîn heb fod yn gynhes iawn, yn dangos yn eglur at ba alwedigaeth yr oedd yn cymhwyso ei hun. Tra nad oedd y nifer lliosocaf o'i gyfoedion yn cofio ar nos Sadwrn pwy a fyddai wedi ei gyhoeddi i bregethu yno drannoeth, byddai Noah yn cofio yn dda, ac yn gwybod o ba gyfeiriad i'w ddysgwyl, ac yn gyffredin yn myned i'w gyfarfod, a'i arwain i'w letty. Er nad oedd wedi hysbysu ei gyfrinach i neb, yr oedd amryw yn gallu ei darllen, ac yn gwybod cystal ag ef ei hun fod ei lygaid ar rywle y byddai raid i'r blaenoriaid edrych i fyny ato, fel nad oedd raid iddo wneyd penderfyniad mor gadarn na chymerai ei ddewis yn flaenor.

I dori yr hanes yn fyr, caniatawyd cais yr eglwys gan y Cyfarfod Misol, a phenodwyd dau frawd i fyned yno i ddwyn y dewisiad oddiamgylch. Noswaith y cyfarfod eglwysig, wythnos cyn yr adeg yr oedd y dewisiad i gymeryd lle, ystyriai William Thomas hi yn ddyledswydd arno alw sylw y frawdoliaeth at yr amgylchiad, a'u hannog i weddio am ddoethineb a chyfarwyddyd i wneyd pobpeth mewn tangnefedd a chariad, er lles yr achos, a gogoniant y Pen mawr. Tra yr oedd efe yn myned ymlaen yn y ffordd hon, yr oedd yn eistedd yn ymyl y sêt fawr, â'i phwys ar ben ei ffon, hen wreigan ddiniwed a duwiol, yr hon a glustfeiniai yn ddyfal ; ac yn y man cododd yn sydyn ar ei thraed, a dywedodd, — 'William Thomas, deudwch chi wrtho ni pwy i ddewis; y chi ore o lawer; ac mi wna i, beth bynag, yn union fel y byddwch chi yn deyd, ac mi wnaiff pawb arall, 'does bosib'. Chawn ni neb gwell na chi no chystal, mi wn, a dydw i yn gweled neb yma cymhwys iawn ond Mr . . .'

Amneidiodd William Thomas arni hi i dewi; ac efe a aeth ymlaen, mor agos ag y gallwn gofio, yn y geiriau canlynol, mae Gwen Rolant bob amser yn dyweyd ei meddwl yn onest, ac y mae genyf ddiolch iddi am feddwl mor dda o honof; ond nid oes neb yn gwybod yn well na mi fy hun mor anghymhwys ydwyf i'r swydd, ac fod yma amryw o'm brodyr a allent ei llenwi yn llawer gwell. (Gwen Rolant yn ysgwyd ei phen mewn anghrediniaeth.) Er nad wyf yn ewyllysio, ac na byddai yn iawn ynof enwi neb, fel yr oedd Gwen Rolant yn gofyn, eto hwyrach, fy nghyfeillion, y goddefwch i mi, o herwydd fy oedran, roddi gair o gynghor i chwi. Gallaf eich sicrhau nad ydyw swydd blaenor yn un i'w chwennychu, ond yn unig fel y mae yn gyfleusdra i fod yn fwy gwasanaethgar i Dduw. Yr wyf yn meddwl y gallai pob un o honoch addoli yn well heb fod yn flaenor. Mae y blaenor wrth ei swydd yn gorfod gwrando ar bob coyn yn erbyn pawb, ac yn gwybod hefyd pa swm y mae pob aelod yn ei gyfranu at y weinidogaeth, ac at achosion eraill ; ac os bydd ambell un heb fa yn cyfranu fel y bydd Duw wedi ei lwyddo, pan elwir ar y brawd hwnw at ryw wasanaeth cyhoeddus, nid yw y blaenor yn gallu cydaddoli â'i holl galon fel y gall yr hwn nad yw yn gwybod. Pan fyddwch yn myned i ddewis, fy mrodyr, gofelwch nid yn unig am ddynion â chrefydd dda ganddynt, ond gofelwch am rai yn meddu ar ddynoliaeth dda hefyd, heb yr un crac yn eu caritor. Ni wnaiff ychwaneg o gyfrifoldeb, a chwaneg o bwysau wella'r crac, ond yn hytrach beri iddo ymagor ac ymollwng. Os bydd crac neu bydrni yn môth yr olwyn, fel y gwyddoch, er fod cànt cryf am dano, ni wna llwyth trwm ddaioni yn y byd iddo. Yr un modd, er i chwi wybod fod dyn wedi cael cànt cryf gras am dano, os bydd crac yn ei garitor, ni wna swydd ond ychwanegu ei berygl. Ac i mi ddyweyd fy mhrofiad fy hun i chwi, yr wyf yn credu fod tlodi, er nad yn anghymhwysder, yn anfantais fawr i ddyn fod yn flaenor. Nid all y blaenor tlawd annog i lettygarwch a haelioni crefyddol fel y dymunai wneyd. Bydd raid iddo hefyd wrth ei swydd ymwneyd â llawer o arian perthynol i'r achos; wna llwyth trwm ddaioni yn y byd iddo. Yr un modd, er i chwi wybod fod dyn wedi cael cànt cryf gras am dano, os bydd crac yn ei garitor, ni wna swydd ond ychwanegu ei berygl. Ac i mi ddyweyd fy mhrofiad fy hun i chwi, yr wyf yn credu fod tlodi, er nad yn anghymhwysder, yn anfantais fawr i ddyn fod yn flaenor. Nid all y blaenor tlawd annog i lettygarwch a haelioni crefyddol fel y dymunai wneyd. Bydd raid iddo hefyd wrth ei swydd ymwneyd â llawer o arian perthynol i'r achos; ac y mae arian yn brofedigaeth i ddyn fydd mewn anghen beunyddiol. Anhawdd ydyw i sach wâg sefyll yn unionsyth. Yr wyf fi, fel y gwyddoch, wedi gwrthod bob amser fod yn drysorydd i unrhyw fund. Os gellwch, dewiswch ddynion na bydd arian yn brofediddynt. (Mr Jones y shop yn chwys dyferol.) Os bydd pob peth arall yn cydfyned, da afyddai i chwi gael dynion parod o ran dawn gweddi, a gallu i siarad yn gyhoeddus. (George Rhodric yn edrych i dop y capel.) Profedigaeth fawr llawer blaenor ydyw ei fod yn ddi-ddawn; oblegid bydd gwaith cyhoeddus yn fynych yn syrthio i'w ran pan fydd pawb eraill naill ai yn anmharod neu ynte yn anufudd. Mae o bwys i chwi hefyd, fy nghyfeillion, gael dynion ag y bydd eu cydymdeimlad yn ddwfn â'r pregethwr. Melldith i eglwys ydyw blaenor brwnt a phigog. Mae llawer oedfa wedi cael ei handwyo o herwydd ymddygiad anserchog ac oer y blaenor tuag at y pregethwr; ac, o'r ochr arall, y mae llawer pregethwr wedi cael iechyd i'w galon a chodiad i'w ysbryd mewn pum' mynyd o ymddyddan serchoglawn â'r blaenor cyn myned i'r capel. Ceisiwch, os gellwch, ddewis dynion y bydd eu hysbryd yn cydredeg âg ysbryd y pregethwr ethwr, a'u calon yn llosgi am lwyddiant ei amcan mawr. Na ddiystyrwch ieuenctyd neb. Os ydych yn gweled yma ryw fachgenyn addawol, darllengar, a ffyddlawn, er nad oes ganddo ond dwy dorth a dau bysgodyn, na throwch ef o'r naill du o herwydd ei ieuenctyd. (Noah Rees yn rhoi ei ben i lawr.) Pan ddaw yr adeg i chwi ddewis, bydded i chwi, fy nghyfeillion, gael eich cynhyrfu oddiar gydwybod i Dduw, ac nid oddiar amcanion hunanol a phersonol.'

Aeth yr hen flaenor ymlaen yn y dull uchod am yspaid; ac ar y diwedd annogodd un o'r enw Peter Watcyn, yr hwn a gyfrifid ei fod yn deall Saesoneg yn dda, i egluro i'r frawdoliaeth y drefn o ddewis swyddogion y penodasid arni gan y Corff, yr hyn a wnaeth gyda deheurwydd mawr. Yn yr eglurhad a roddwyd gan Watcyn, soniodd gryn lawer am y 'balot,' y 'tugel,' 'y rhai presennol,' 'a'r rhai absennol,' 'dwy ran o dair,' 'a thair rhan o bedair,' &c., yr hyn oll i Gwen Rolant, er clustfeinio ei goreu, oedd yn Roeg perffaith. Pa fodd bynag, wedi i ddau frawd ofyn cwestiwn a chael atebion boddhaol, terfynwyd y cyfarfod,

Ar y ffordd gartref, dywedai George Rhodric fod yn hawdd iawn gweled at bwy yr oedd William Thomas yn naddu, a phwyoedd ei ddyn o. Dywedai Gwen Rolant ei bod hi yn ofni fod crefyddwyr yr oes hon yn myned i dir pell iawn. Pan oedd hi yn ieuanc, y ffordd y byddid yn dewis blaenoriaid oedd i ddau bregethwr, neu ynte bregethwr a blaenor ddyfod i'r seiat, ac i bawb fyned atynt, a dyweyd pwy oeddynt am ddewis; ond yrwan fod rhyw Balet yn dwad, pwy bynag oedd hwnw — yr oedd hi yn ofni oddiwrth ei enw ei fod yn perthyn rywbeth i Belial. Ac am y tiwgl yr oeddynt yn son am dano, yr oedd hi yn siwr mai Sais oedd hwnw, ac mai gwaith Peter Watcyn oedd ei gael yno, fel y cai o wybod pan nesa' y gwelai hi o. 'Ni chymer'sai William Thomas lawer o hono ei hun,' ychwanegai yr hen chwaer, 'a nol Saeson yma, ac ni ddarfu o gymaint a henwi un o honynt y noson hono, yr hyn oedd yn dangos yn ddigon plaen mai gwaith Peter Watcyn oedd y cwbl.'

Afreidiol ydyw dyweyd fod Gwen Rolant, pan ddaeth noswaith y dewisiad, wedi cael ei siomi o'r ochr oreu, ac na welodd ac na chlywodd, er chwilio a chlustfeinio ei goreu, yr un Sais yn y cyfarfod, ond yn hytrach pregethwr a blaenor. Y cyntaf a adwaenai yn dda, ac oedd anwyl iawn ganddi. Ac yr oedd Gwen, druan, yn diolch o'i chalon nad oedd crefyddwyr yr oes hoin wedi myned i dir more bell ag yr oedd hi wedi ofni.

[*Y Drysorfa*, XLVIII, 1878, p. 334]

Articl VI   Dewis Blaenoriaid

Mor chwithig a digrifol a fyddai clywed un yn anerch ei gydaelodau eglwysig, ac yn rhoddi ei farn iddynt ar y Fugeiliaeth, Cronfa y Gweinidogion, Cyfansoddiad y Gymdeithasfa, achosion tramor y Cyfundeb, sef y cenadaethau, addysg y Colegau, rhyfeloedd cartrefol, a rhyfeloedd gydag enwadau eraill, gan addaw gwneyd hyn a'r llall os dewisid ef yn flaenor! Onid edrychid ar y fath un fel un hollol annheilwng o gael ei ddewis? Ac eto ni feddyliai neb synhwyrol am roddi ei bleidlais i ymgeisydd am eisteddle seneddol heb yn gyntaf gael gwybod ei opiniynau ar brif bynciau y dydd, a chael addewid ddifrifol ganddo y byddai iddo bleid leisio dros, o leiaf, y mwyafrif o'r mesurau hyny a gymeradwyir ganddo ef ei hun. Edrychir ar lafur ac ymdrech egniol ymgeisydd am gynnrychiolaeth ei fwrdeisdref neu ei sir fel un rheswm ychwanegol at ei gymhwysderau personol dros wneyd pob peth o ellir o'i blaid ; ac, yn wir, anaml y gall neb ennill zel a brwdfrydedd yr etholwyr dros ei achos heb iddo ef ei hun yn gyntaf arddangos ymröad diflino ymhlaid ei ymgeisyddiaeth. Ond mor rhyfedd ydyw y ffaith mai cân gynted ag y dengys dyn ei fod yn awyddus am gael ei wneyd yn flaenor eglwysig, yr un foment fe'i teflir o'r neilldu gan ei gydaelodau, gan nad beth fyddont ei gymhwysderau personol. Yr hyn sydd yn fywyd ac yn gymhwysder anhebgorol bron mewn un amgylchiad, sydd yn farwolaeth ac yn ddinystr yn yr amgylchiad arall. Ymddengys, yn ol sefyllfa pethau, mai un o'r prif gymhwysderau mewn dyn tuag at fod yn flaenor ydyw, na freuddwydiodd ac na ddychymygodd erioed am yr anrhydedd,—o leiaf, nas amlygodd ei fod wedi breuddwydio neu ddychymygu am hyny. Gall un fod â'i lygaid ar y swydd am flynyddau, ac wedi ymbarotoi yn ddyfal ar ei chyfer; ond os bydd yn gall ac yn meddwl llwyddo, rhaid iddo gadw ei gyfrinach i gyd iddo ef ei hun; oblegid i'r graddau yr amlyga i'r frawdoliaeth ei ddeisyfiad, i'r un graddau y bydd ei ragolygon yn lleihau.

Beth all fod y rheswm am hyn, nid ydym yn cymeryd arnom fod yn alluog i ddyfalu. A oes mwy o jealousy ynglŷn â chrefydd nag â gwleidyddiaeth? Byddai yn ddrwg genym orfod credu hyny. Gall rhywun awgrymu fod y gwahaniaeth rhwng un yn ceisio swydd eglwysig ac un yn ceisio eisteddle seneddol yn gorwedd yn natur y ddwy swydd: un yn ysbrydol, a'r llall o'r ddaear yn ddaearol. Ond, attolwg, beth a ddywedwn am un yn cynnyg ei hun yn bregethwr? Hyd y gwyddom ni, ni ddarfu i'r ffaith fod un yn cynnyg ei hun yn bregethwr beri i neb feddwl yn llai o hono, na bod yn un rhwystr iddo, os byddai pobpeth arall yn foddhaol. Ac onid ydyw yn bosibl i angenrhaid gael ei osod ar ddyn, ac mai gwae iddo oni flaenora, yn gystal ag oni phregetha yr efengyl? Nid ydym yn anghofio y cymerir yn ganiataol fod yr eglwys yn gwneyd ei dyledswydd trwy weddio am gyfarwyddyd, a bod rhyw arweiniad Dwyfol i'w ddysgwyl ganddi er mwyn syrthio ar y dyn ion da eu gair. Ond ar yr un pryd nid allwn gau ein llygaid ar y ffaith fod llawer o gamgymeriadau yn cael eu gwneyd yn yr amgylchiadau hyn. Oni ddewisir dynion yn fynych yn flaenoriaid nad ŵyr yr eglwys nemawr am eu golygiadau ar y pynciau y teimlir y dyddordeb mwyaf ynddynt? Onid oes amryw wedi iddynt fod am ychydig amser yn y swydd, a chael cyfleusdra i egluro beth oeddynt, yn dangos yn rhy amlwg nad ydynt yn cynnrychioli teimladau na syniadau yr eglwys y maent yn arweinwyr proffesedig iddi? Ac onid oes eraill yn amlygu mai pwynt uchaf eu gweithgarwch gyda symudiadau pwysicaf yr eglwys ydyw bod yn oddefol —bod yn ôloriaid? Ac eto parhânt yn eu swydd, os bydd eu cymeriad yn weddol ddilychwyn, hyd nes y lluddir hwynt gan farwolaeth. Cofier mai son yr ydym am eithriadau; ond ceir hwynt yn eithriadau lled fynych ymhlith ein brodyr y blaenoriaid. Y maent fel dosbarth yn ddynion grasol, galluog, a rhyddfrydig; ond i'n tyb ni, y mae yn hen bryd i ni gael rhyw ddyfais i symud o'r ffordd y dosbarth hwnw sydd yn rhwystr i lwyddiant crefydd, ac yn fagl ar bob symudiad daionus ynglŷn â'r eglwys y maent yn swyddogion iddi. Son yr oeddym am aelod yn syrthio allan o ffafr yr eglwys wrth arddangos awydd am gael ei wneyd yn flaenor. Mae yn ddiammheuol fod rhyw reswm i'w roddi am hyn pe gellid dyfod o hyd iddo, ac mai fel y mae pethau y maent oreu.

Hwyrach mai rhywbeth i'w ddarganfod gan eraill, ac nid gan y dyn ei hun, ydyw y cymo hwysder i fod yn flaenor. Yr ydym yn tueddu i feddwl fel hyn wrth ddychymygu atebiad un a fyddai wedi ei ddewis i fod yn flaenor pan ofynid y cwestiwn iddo yn y Cyfarfod Misol, 'Beth ydyw eich teimlad gyda golwg ar waith yr eglwys yn eich galw i fod yn flaenor iddi?' Pe yr atebai, 'Wel, yn wir, yr wyf yn meddwl fod yr eglwys wedi gwneyd yn gall iawn. Yr oedd arnaf chwant mawr er ys blynyddoedd am gael bod yn flaenor, ac yr wyf yn meddwl y gallaf wneyd un rhagorol, ac y bydd yr eglwys ar ei mantais yn fawr iawn o herwydd y dewisiad hwn' — oni chreai hyn gyffro? ac onid elwid pwyllgor ynghyd ar unwaith i ystyried achos y brawd gonest?

Er nad oes gysylltiad uniongyrchol rhwng y sylwadau uchod â dewisiad blaenoriaid 'capel William Thomas,' fel y gelwid ef gan blant y gymydogaeth; hyny, pa fodd bynag, fu yr achlysur i ni eu hysgrifenu. Yr oedd pob lle i feddwl fod yr eglwys wedi gwrandaw i bwrpas ar gynghorion William Thomas, ac edrychid ar yr amgylchiad fel un o'r pwysigrwydd mwyaf. Ni chollodd George Rhodric o Bant y Draenog yr un cyfleusdra i awgrymu ei gymhwysder diammheuol ei hun i'r swydd. Gyda y rhai a ystyriai fel ei edmygwyr, ni phetrusai siarad yn eglur; ond gydag eraill nad oeddynt mor iach yn y ffydd ddraenogaidd, boddlonai ar arddangos cymaint o garedigrwydd ag a fedrai, a mwy o grefyddolder nag a feddai. Sylwyd hefyd gan y craff fod Siôr, heblaw dyfod yn gyson a dif ch i foddion gras, yn ymddangos yn eu mwynhau tu hwnt i bobpeth, yn gymaint felly nes cynnyrchu rhyw ledneisrwydd caruaidd yn ei ysbryd, yr hwn a ymweithiai hyd i flaenau ei fysedd, ac na fyddai foddlawn heb gael ysgwyd dwylaw â phob cyflawn aelod, agos, wrth ddyfod allan o'r capel. Deuddydd cyn y dewisiad, yr oedd ei ragolygon mor obeithiol fel y synwyd ei brentis gan ei ymddangosiad siriol. Cyn i'r prentis gael dechreu gweithio ar ol brecwest, dywedai ei feistr wrtho, 'Bob, f'aset ti'n leicio cael walk heddyw boreu?' 'B'aswn i wir, syr,' ebe Bob. 'Wel, dydi hi ddim ond pedair milldir o ffordd, Cymer y ddeunaw 'ma, a cher' i shop Mr Pugh y printer, a gofyn am y Dyddiadur gore — un deunaw, cofia. Paid a chym'ryd arnat i bwy mae o.' 'O'r gore, syr; Dyddiadur 'gethwr ydach chi'n feddwl ynte, a lastic arno fo?' 'Un deunaw yr ydw' i'n deyd i ti. Paid a bod yn hir.' Yr oedd Bob yn meddu mwy o gyfrwysdra a chraffder nag a roddid credyd iddo gan Rhodric; ac nid cynt yr oedd allan o olwg ei feistr nag y dechreuai ysgrwtian a chodi ei ysgwydd chwith, gan wincian yn gyfrwysddrwg â'i ddau lygad bob yn ail, a siorad âg ef ei hun, 'Wel, yr hen law, mi all'sech ch'i safio y ddeunaw 'ma 'dwy'n meddwl, os ydi'n nhad yn gw'bod rh'wbeth. Y ch'i yn flaenor, wir. Mi fyddwch yn o hen!' Gwnaeth Bob ei neges yn rhagorol ac mewn byr amser; a phan ddychwelodd, cafodd ei feistr yn ei ddysgwyl, ac wedi llwytho ei bibell, ond heb ei thanio — nid ei getyn a arferai wrth ei waith, ond ei bibell hir, yr hon a arferai yn unigar achlysuron neillduol. Gofynodd, 'Gês ti o, Bob?' 'Do, syr.' 'Ddaru Mr Pugh ofyn i ti i bwy yr oedd o?' 'Naddo, syr, ond ddyliwn y fod o'n dallt,' ebe Bob yn anwyliadwrus. 'Dallt bybê?' ebe ei feistr. 'Dallt

fod rhwfun eisio gwel'd hanes y ffeirie a phethe felly,' ebe
Bob, gan osgoi y cwestiwn. 'Ho!' ebe Rhodric.

Cymerodd y dilledydd gader a gosododd hi o flaen y
tân. Eisteddodd i lawr yn bwyllog; gosododd ei draed un ar
bob pentan; taniodd ei bibell, trôdd ddalenau y Dyddiadur
yn hamddenol nes dyfod at restr pregethwyr ei Sir; ac yna
safodd — sefydlodd ei hun i lawr yn ei gader, cymerodd
sugndyniad neu ddau lled nerthol o'r bibell i sierhau fod
yno dân, a chymerodd y pwyntil allan o'i logell. Yr oedd
Bob, er yn cymeryd arno fyned ymlaen hefo ei waith, yn ei
wylio yn ddyfal, a malais yn chwareu yn nghonglau ei
lygaid, tra y clywai ei feistr yn siarad âg ef ei hun : 'Wel,
ddoi di ddim yma eto; na thithe; unwaith yn y flwyddyn yn
ddigon i tithe; unwaith bob dwy flynedd yn hen ddigon
iddo fo,' &c. Wedi dyhysbyddu y rhestr, a phenderfynu
tynged pob un, dywedai Meistr Rhodric yn y man, 'Bob,
sut y mae dy dad yn meddwl y troith hi nos Iau?' 'Mae o
yn meddwl y caiff Mr Jones ei ddewis, syr,' ebe Bob.
'Purion; pwy arall?' 'Dydi o ddim yn siŵr am neb arall,
syr.' 'Chlywest ti mono fo yn deyd dim byd am dana' i?'
Daeth y cwestiwn hwn mor sydyn ar Bob, druan, fel na
wyddai yn iawn sut i'w ateb a chadw y ddysgl yn wastad.
'Tyr'd tyr'd, y machgen i, paid ofni deyd y gwir.' 'Wel, mi
clywes o yn deyd rhwbeth, syr.' 'Deyd beth? allan a fo,
Bob.' 'Yr oedd o yn deyd ei fod yn meddwl ych boc ch'i -
dwi ddim yn leicio deyd, syr.' 'Paid ofni deyd y gwir.'
'Wel, yr oedd o yn deyd ei fod yn meddwl ych bod chi yn
y nghadw i yn rhy glôs!' 'Ho, ai dyne'r cwbl,' ebe Rhodric
yn siomedigaethus, a dilynwyd hyn dystawrwydd megys
yspaid hanner awr. Pan oedd Bob yn myned i'w ginio,
dywaai ei feistr wrtho, 'Bob, 'does yma ddim rhyw lawer
o daro heddyw p'nawn, ac mi elli gymryd hanner gŵyl os
leici di, a fory hefyd ran hyny os oes gan dy dad rywbeth i
ti neyd.' 'Thenkiw, syr,' ebe Bob, wedi ennill ei bwynt tu
hwnt i'w ddysgwyliad; a'i feistr o'r ochr arall yn tybied ei
fod wedi gwneyd good stroke of policy.

Hyfrydwch o'r mwyaf bob amser oedd gan Mrs Jones y shop groesawu a llettya pawb a fyddent yn dwyn cysylltiad uniongyrchol â'r achos; ac nid ydyw ond gonestrwydd ynom i ddyweyd fod ei sirioldeb a'i chroesaw wedi cyrhaedd eu pwynt uchaf pan dderbyniodd hi y cenadon dros y Cyfarfod Misol oddeutu awr cyn yr adeg yr oeddynt i fyned i'r cyfarfod eglwysig i ddewis blaenoriaid. Yr oedd Mrs Jones yn dra naturol yn ystyried fod y diwrnod wedi dyfod, yr hwn a ddylasai fod wedi dyfod yn llawer cynt, i osod yr anrhydedd hwnw ar ei gŵr, yr hwn o bawb, fel y credai hi, oedd yn ei deilyngu fwyaf. Yr oedd yr hyfrydwch yr oedd hi yn ei deimlo am fod y diwrnod wedi dyfod o'r diwedd, i'w ganfod yn ei holl ysgogiadau, ac i'w weled a'i brofi yn y tê a'r danteithion a osodid o flaen y brodyr dyeithr. Ond yn hollol fel arall y teimlai Mr Jones. Ni fu gâs ganddo erioed o'r blaen weled na phregethwr na blaenor yn dyfod i'w dŷ; ac achlysur eu dyfodiad yn unig a barai iddo edrych arnynt felly y tro hwn. Yr oedd golwg ysmala arno y noson hono. Ni fedrai eistedd yn llonydd am fynyd. Cerddai yn ol a blaen, i mewn ac allan, fel pe buasai yn chwilio am rywbeth ac na wyddai beth oedd. Ceisiodd wneyd pob esgus a chreu pob rhwystr, rhag myned i'r capel y noson hono, ond yn aflwydd iannus. Buasai yn dda ganddo glywed fod anghaffael ar y ceffyl, neu ryw anhwyldeb ar y fuwch, neu ynte weled trafaeliwr yn dyfod i'r shop y buasai yn rhaid iddo aros gydag ef. Ond yr oedd ei holl ddymuniadau yn ofer, a bu raid iddo fyned i'r capel gyda y cenadon. Nid oedd ei sefyllfa ronyn gwell wedi iddo fyned i'r cyfarfod. Teimlai boethder annyoddefol yn ei ben, a rhyw anesmwythder mawr yn ei du mewn, yn enwedig yn nghymydogaeth ei galon. Meddyliodd fwy nag unwaith ei fod wedi cael clefyd, a phenderfynodd lawer gwaith fyned allan; ond er hyny arosodd yn yr un fan. Ni welodd erioed gyfarfod mor faith, ac ychydig, os dim, a wyddai beth a ddywedid yno.

Yr oedd y cyfarfod yn un neillduol o liosog. Yr oedd yno rai na welwyd yn y seiat ganol yr wythnos er ys blynyddau, ac amryw na wyddid yn iawn a oeddynt yn aelodau ai peidio, yn awr yn profi eu haelodaeth. Ni chymerodd dim neillduol le oddigerth gwaith Gwen Rolant yn mynu cael dyweyd yn hytrach nag ysgrifenu i bwy yr oedd hi yn votio, yr hyn a wnaeth mewn llais lled uchel. Hysbyswyd gan y cenadon, er fod deg wedi cael eu henwi, mai tri oeddynt wedi cael y nifer angenrheidiol o bleidleisiau, sef Mr Jones y shop, Mr Peter Watcyn, a Mr, James Humphreys. Yr oedd William Thomas yn eistedd yn nghongl y sêd fawr â'i ben patriarchaidd yn pwyso ar ei law. Ar dderbyniad y newydd, cauodd ei lygaid ac ymdaenai diolchgarwch dros ei wyneb, fel pe buasai yn dyweyd, 'Yr awrhon, Arglwydd, y gollyngi dy was, &c.' Yr oedd yno wyneb arall yn y gynnulleidfa ag oedd yn ffurfio gwrthgyferbyniad hollol i wyneb William Thomas, a'r wyneb hwnw oedd yr eiddo George Rhodric!

[*Y Drysorfa*, XLVIII, 1878, p. 414]

Articl VII   Y Blaenoroiaid Newydd yn y Glorian

Addewiswyd blaenoriaid ag oeddynt wrth fodd calon pawb? Na, yr ydym yn tybied fod hyny hyd yn hyn heb gymeryd lle. Naill ai y mae y blaenor newydd yn rhy hen neu yn rhy ieuanc, — yn rhy gyfoethog neu yn rhy tlawd, — yn rhy flaenllaw neu yn rhy lwfr. Pa fodd bynag, mae yn gysur i bob blaenor newydd-ddewisedig, fod y mwyafrif o'i gydaelodau eglwysig yn ei ystyried yn ŵr cymhwys i'r swydd, gan nad beth fyddo ei olygiadau ef am dano ei hun. Gellir dywed na ddewiswyd blaenoriaid erioed gyda mwy o unfrydedd na blaenoriaid capel William Thomas; ond wrth ddyweyd hyn nid ydym am i neb feddwl nad oedd yno rai yn edrych arnynt gydag anfoddlonrwydd mawr.

Ni fu erioed dri gŵr mor wahanol i'w gilydd o ran eu cymeriadau a Mr Jones y shop, Peter Watcyn, a James Humphreys, er y rhaid fod ynddynt rywbeth cydnaws a thebyg, ac onidê ni ddewisasid hwynt, tybed, gan yr un corff o bobl. Yr oedd Mr Jones yn ŵr hynaws a bywiog, ac yn meddu ar gryn lawer o adnabyddiaeth o'r byd, yn dda arno o ran ei amgylchiadaü, yn haelfrydig yn ei roddion, ac yn llawn awydd i wneuthur daioni; ond eto yr oedd rhyw ledneisrwydd ynddo ag oedd yn ei gadw yn ol oddi wrth bethau cyhoeddus i raddau mawr. Dyn yr un drychfeddwl ydoedd Peter Watcyn. Fel y dywedwyd o'r blaen, yr oedd efe yn cael y gair ei fod yn deall Saesoneg yn dda, ac yn gwy bod y gwybodaethau tu hwnt i'w gyfoedion. Ond pwnc mawr Peter Watcyn oedd canu; ac yr oedd cerddoriaeth wedi cymeryd cymaint o'i fryd fel nad allai edrych ar ddim bron ond trwy farrau yr erwydd, na rhoddi ei farn ar ddim ond wrth sŵn y pitchfork. Ymha le bynag y gwelem ef, pa un ai ar yr heol, neu yn ei dŷ ei hun, neu yn y capel, yr oedd y geiriau 'Hen Nodiant' a 'Tonic Sol-Ffa, yn dyfod i'n 'meddwl er ein gwaethaf. Heb i ni mewn un modd amcanu gwneuthur cam âg ef, yr ydym yn meddwl y cafodd llawer pregethwr le cryf i gredu fod Peter yn cael mwy o bleser yn Llyfr Ieuan Gwyllt nag yn y bregeth, ie, nag hyd yn nod yn y Bibl ar y pryd. Gŵr diddysg, hywaeth a diniwed, ydoedd James Humphreys, ac mewn gwth o oedran. Glöwr ydoedd wrth ei alwedigaeth; a bu raid iddo ddisgyn i waelod y pwll glo cyn derbyn dim addysg ond a gawsai yn yr Ysgol Sabbothol. Càn gynted ag y cafodd fyn'd ar ei 'bige,' ys dywed y glöwyr, priododd, a bendithiwyd ef âg amryw o blant, y rhai, yn ol ei allu, a ddygodd i fyny yn addysg ac athrawiaeth yr Arglwydd. Yr oedd galluoedd ei feddwl mor fychain, yn enwedig yn ei olwg ei hun, fel mai anfynych yr anturiai ddyweyd ei farn ar unrhyw bwnc. Ni byddai byth yn cymeryd gafael mewn newyddiadur; ac anfynych yr edrychai ar unrhyw lyfr oddieithr y Bibl, Esboniad James Hughes, a Geiriadur Charles. Yr oedd ei ffydd yn y natur ddynol yn ymylu bron ar blentyn rwydd, a buasai agos càn hawsed i ddyhiryn ei dwyllo a thwyllo baban. Yr oedd James Humphreys yn un o'r dynion hyny sydd yn peri i un feddwl na wyddant ddim am lygredigaeth y natur ddynol, oni bae eu bod hwy eu hunain yn cwyno yn barhaus o'i herwydd. Yr oedd ei holl fyd yn gynnwysedig yn eu deulu, y gwaith glo, a'r capel; ac o angenrheidrwydd yr oedd ei wybodaeth yn gyfyngedig iawn. Ac eto pan äi James Humphreys ar ei liniau, yr oeddym yn gorfod teimlo ein hunain yn fychain a llygredig yn ei ymyl, o'i fod yn meddu yr allwedd a allai agor dôr y byd ysbrydol. O ddyn dedwydd! pa sawl gwaith y buom yn cenfigenu wrthyt? Ar nos Sadwrn, yn dy fwtri dlawd, pan ymolchit ac y glenheid dy hun oddiwrth barddu a baw y pwll glo: yr oeddit ar yr un pryd yn golchi ymaith olion yr wythnos a gofalon y byd oddiar dy feddwl, a'th ysbryd yn ymadnewyddu ac yn dyheu am y Sabboth, yr hwn a wnaethpwyd er mwyn dyn? Os gwael ac anfedrus a fyddai y pregethwr, pa wahaniaeth a wnai hyny i James Humphreys? Yr oedd ei ystymog ysbrydol â'r fath awch arni fel y byddai yr ymborth mwyaf cyffredin yn flasus ac yn ddanteithiol ganddo. Nid oedd na shop, na fferm, na bargeinion, un amser yn croesi ei feddwl, nac yn rhwystro iddo wrandaw ar bob gair a ddeuai allan o enau y pregethwr. Ammheuon! ni wyddai efe beth oedd y rhai hyny, Yr oedd ei feddwl yn rhy fychan i ganfod anghysondeb, a'i galon yn rhy lawn o gariad i roddi lle i'r posiblrwydd o hono! Tra yr oedd rhai yn rhy fydol eu meddyliau, ac eraill yn rhy ddifater, ac eraill yn rhy feirniadol, i allu mwynhau y bregeth, byddai efe yn ei bwyta gyda blas, ac yn myned allan o'r addoldy ar ben ei ddigon. Yn yr Ysgol Sabbothol, drachefn, tra yr oedd eraill yn pendroni ynghylch hanes y seren a ymddangosodd yn y dwyrain, yr oedd efe yn cyflwyno anrhegion o flaen y Mab Bychan, fel ei aur, ei thus, a'i fyrr. Tybygem nas treuliodd efe awr erioed mewn gwagfeddyliau uchelgeisiol; a phan glywodd efe y cenadon dros y Cyfarfod Misol yn cyhoeddi ei fod wedi cael ei ddewis yn flaenor, pa ryfedd iddo ymddangos fel pe buasai wedi ei daro â mellten, ac iddo fethu a chysgu y noson hono, ac mai hon ydoedd y noswaith fwyaf anhapus yn hanes ei fywyd?

Ar ei ffordd gartref o'r cyfarfod eglwysig, dywedai Gwen Rolant wrth Rhodric, 'Wel, George, a ge'st ti dy blesio heno? Naddo, mi dy wranta, ne y mae yn od iawh gen' ni.' 'Yr ydach chi yn gofyn ac yn ateb,' ebe George; 'ond am unwaith, beth bynag, yr ydach chi'n ateb yn iawn. Dydw i ddim am ragrithio, naddo; chês i mo mhlesio; a waeth gen' i pwy gŵyr o. Mae peth fel hyn yn ddigon a gneyd dyn nad äi o byth yn agos atyn' nhw. I fod yn flaenor y dyddie yma, rhaid i ddyn fod yn gyfoethog neu yn ddwl; a dydi o ddim ods p'run am wn i. Mae yn dda gen' i nad ydw i yr un o'r ddau. Mae dynion galluog a thalentog, sydd wedi bod yn llafurio ar hyd eu hoes gyda'r achos, yn cael eu taflu o'r naill du rwan; ac un yn cael ei ddewis am fod gyno fo shop, a'r llall yn cael ei ddewis am ei fod o yn debyg i'w nain, a'r trydydd am i fod o yn wyneb galed.' 'Aros! aros, George,' ebe'r hen wreigan, 'paid ti siarad yn rhy ffast. Yr wyt ti yn myn'd ymlaen yn debyg iawn i ddyn wedi cael ei siomi; ac mae gen' i ofn nad wyt ti ddim mewn ysbryd priodol.' 'Y fi fy siomi;' ebe Rhodric, 'mi fase'n o ffaidd gen' i.' 'Wn ni p'run am hyny,' ebe Gwen; 'yr wyt yn cofio stori'r llwynog a'r grawnwin yn well na fi. A pheth arall, pan wela i ddyn yn gneyd ei hun yn o amlwg o flaen amser dewis blaenoriaid, ac yn prynu Dyddiadur, a phethe felly, mi fydda i 'n meddwl yr adeg hono fod ei lygad o tua'r sêt fawr.' Edrychodd George arni gyda syndod; ac aeth Gwen ymlaen, 'Ac am fod yn gyfoethog, mi faset tithe mor gyfoethog a Mr Jones, dase ti'n medryd, mi dy wranta di. Ac am fod yn debyg i'r nain, mi fase'n dda i lawer fod yn debycach i'w nhain; mi fase gwell graen ar eu crefydd nhw, a rhwbeth fase'n I cadw nhw o'r tafarnau. Mi wyddost, George, nad oes dim blew ar y nhafod i, a fedra i ddirn dyodde i ti redeg y blaenoriaid newydd i lawr. 'Dwyt ti ddim yn deilwng, wel di, i glymu esgid Mr Jones fel dyn na Christion; ac am James Humphreys, os ydi o'n ddiniwed ac yn ddiddysg, fel fy hunan, mae gyno fo grefydd y bydde'n dda i ti gael marw yn ei chysgod. Ond ddaru minnau, yn wirionedd, ddim votio i Peter; ac wn i ddim be naeth i'r eglwys ei ddewis o. Mae'r bachgen wedi mwydro'i ben hefo'r canu 'ma, fel na wn i ddim beth i feddwl o hono fo. Pan oeddwn i yn ifanc, cyfarfod gweddi fydde gyno ni am bump o'r gloch p'nawn Sul, i ofyn am fendith ar yr odfa; ond yrwan rhyw 'do, do, sol' sydd gan Peter a'i griw o faen yr odfa; ac mae'n anodd gen' i gredu fod y Brenin Mawr yn fwy parod i wrando ar y 'doe, doe, sol' 'ma nag ar ddyn ar ei linie. A chyn i Peter a'i sort gymeryd y canu, un pennill fydde ni'n ganu, a hwnw lawer

gwaith drosodd, pan ddoe'r hwyl; ond yrwan, dyn a'm
helpio, rhaid canu yr hymn ar ei hyd, a hyny cyn chwyrned
a'r gwynt, na ŵyr neb be mae nhw'n ganu. Chawn ni byth
ddiwygiad crefyddol, goelia i, tra bydd yr hen 'doe, doe,
sol' ma'n cael ei ryngu. Ond dydi'r bachgen ond ifanc eto,
a 'rydw' i'n gobeithio y caiff o ras i ymgroesi. Pe cae ni un
o'r hen ddiwygiadau anwyl eto, ac iddo gael trochfa go
lew, mi wranta i y tafle fo 'i 'doe, doe, sol' i'r tân, ag y
bydde'n dda ganddo gael canu yr un pennill ganwaith
drosodd.'

'Wel,' ebe Rhodric, 'mi wela, Gwen Rolant, nad ydach
chithe ddim wedi'ch plesio'n hollol, ac er y mod i'n
styried Peter yn ddyn hollol annheilwng i fod yn flaenor,
fedra i ddim cydweled chi ynghylch y Tonic Sol-Ffa, Mae
Peter wedi gneyd lles mawr i'r canu. Mae yr oes wedi
newid er pan oeddach chi'n ifanc, a rhaid myn'd i ganlyn
yr oes. Ac am y peth a alwch yn ddiwygiad, pe dae chi
byw am gan' mlynedd, chae chi byth wel'd pobl yn neidio
ac yn gwaeddi fel er stalwm pan oedd y wlad mewn
anwybodaeth. Mae pethe wedi newid yn fawr er hyny, a
wiw i chi ddysgwyl am beth felly eto.'

'Be wyt ti'n ddeyd, George?' ebe yr hen ehwaer yn
gynhyrfus, gan sefyll ar ganol y ffordd, a chodi ei ffon fel
pe buasai ar fedr ei daro. 'Be wyt ti'n ddeyd? na wiw i mi
ddim meddwl am gael diwygiad! Wyt ti'n gwirioni,
dywed? Gwir a dd'wedaist, ysywaeth, fod yr oes wedi
newid. Mae pobl yrwan yn meddwl mwy am wisgoedd a
chrandrwydd nag am wledd i'r enaid. A be wyt ti'n sôn
fod yr oes o'r blaen yn anwybodus? yr oes hon sy'n
anwybodus. Yn fy amser i, 'doedd eisio na Llyfr Hymns
na 'Ffordwr gyno ni yn y capel, ond pawb yn i medryd
nhw ar i tafod Ieferydd. Ond yrwan wrth adrodd y
'Fforddwr, rhaid i bawb gael llyfr o'i flaen, ne mi fydd yn
stop buan, mi wranta; a phe bae pregethwr ddim ond yn
rhoi allan yr hen benill, 'Dyma Geidwad i'r colledig,' mi
geit wel'd ugeiniau yn sisial yn nghlustiau 'u gilydd, 'W'at

pêds? w'at péds?' hefo i hen Sasneg. Ydi, mae'r oes wedi
newid; ond wyt ti'n meddwl fod Duw wedi newid? 'Iesu
Grist, ddoe, heddyw, yr un ac yn dragywydd.' Ddysgest ti
erioed mo'r adnod anwyl ene, dywed? Wyt ti'n meddwl
mai Duw yn troi i ga'lyn y ffasiwn yd'n Duw ni? Ni
fyrhäodd braich yr Arglwydd fel nad allo achub, ni
thrymhäodd ei glust fel na allo glywed; a phan ddêl, efe a
argyhoedda y byd o bechod, o gyfiawnder, ac o farn. A
phe caet ti, George, weled diwygiad tebyg i'r un a welodd
William Thomas a fine, mi neidiet tithe lathen oddiwrth y
ddaear, er mor afrosgo wyt ti, ac er balched ydi dy galon.

'O na ddeuai'r hen awelon,
Megys yn y dyddiau gynt.'

Ië, mi âf trosto fo eto er gwaetha dy 'doe, doe, sol,' ebe
yr hen wraig zelog, gan ganu nerth ei phen; ac yn canu y
gadawodd Rhodric hi.

Ond nid oedd dim ysbryd canu ar George Rhodric ei
hun; ond yn galon-drom, bendrist, â gwyneb sur a sarug, yr
aeth efe i'w dŷ. Pa fodd bynag, heblaw canu Gwen Rolant,
rhyw lanc o rigymwr siriol-ddireidus, a ganodd y noson
hono fel hyn:-

George Rhodric. druan, fynai fyn'd i'r top;
Ow! er ei siomiant, rhoddwyd arno stop!
Ond Jones a James a geid o isel fryd,
I fyny â hwy! pleidleisiem bawb i gyd;
A Peter Watcyn, zelog gyda'r mawl,
I fyn'd yn uwch ennillai yntau'r hawl ;
O Siorsyn, dysg dy wers: dôs, dos i lawr –
Cân yn lle beio — felly doi di 'n fawr.

[*Y Drysorfa*, XLVIII, 1878, p. 459]

Other books by Robert Lomas
The Templar Genesis of Freemasonry
Freemasonry for Beginners
The Lewis Guide to Masonic Symbols
A Miscellany of Masonic Essays
The Lost Key
The Secret Science of Masonic Initiation
The Secret Power of Masonic Symbols
Turning the Hiram Key
Turning the Solomon Key
Turning the Templar Key
The Secrets of Freemasonry
W.L.Wilmshurst's *The Ceremony of Initiation* Revisited
W.L.Wilmshurst's *The Ceremony of Passing* Revisited
The Man Who Invented the Twentieth Century
The Invisible College
Freemasonry and the Birth of Modern Science
Rhys Lewis by Daniel Owen. A New Translation from the Welsh
Daniel Owen's *Ten Nights in the Black Lion*.
The Seven Sermons of Daniel Owen.
Mastering Your Business Dissertation
The Pant Glas Children
The Masonic Tutor's Handbooks
   vol. 1: The Duties of the Apprentice Master
   vol. 2: Freemasonry After Covid
   vol. 3: Becoming a Craftman

Co-authored with Chris Knight
The Hiram Key
The Second Messiah
Uriel's Machine
The Book of Hiram

Co-authored with Geoff Lancaster
Forecasting for Sales and Materials Management

Kindle eBooks by Robert Lomas

A Miscellany of Masonic Essays

The Secret Science of Masonic Initiation

Turning the Hiram Key

Turning the Solomon Key

Turning the Templar Key, Part 1: The True Origins of
Freemasonry.

The Secrets of Freemasonry

The Lost Key

W.L.Wilmshurst's *The Ceremony of Initiation* Revisited

W.L.Wilmshurst's *The Ceremony of Passing* Revisited

The Templar Genesis of Freemasonry

The Man Who Invented the Twentieth Century

The Invisible College

Freemasonry and the Birth of Modern Science

Rhys Lewis by Daniel Owen. A New Translation from the
Welsh

Mastering Your Business Dissertation

The Pant Glas Children

Daniel Owen's *Ten Nights in the Black Lion*

The Seven Sermons of Daniel Owen.

Printed in Great Britain
by Amazon

86854523R00061